大家的日本語 初級～進階48課

現場的日本語

進階

AOTS　一般財団法人 海外産業人材育成協会

ゲンバの日本語
応用編

大新書局　印行

はじめに

　一般財団法人海外産業人材育成協会（The Association for Overseas Technical Cooperation and Sustainable Partnerships, 略称 AOTS）は、1959 年の設立以来、主に開発途上国をはじめとする海外の技術者を研修生として日本に受け入れ、半世紀以上に亘り、民間企業の技術移転とそれを円滑にする産業人材向けの日本語教育に注力してきました。また、近年では外国人の看護師・介護福祉士候補者、技能実習生、外国人駐在員、外国人新入社員などを対象とした多様な日本語教育事業を展開し、2019 年の改正出入国管理法の施行以降も国内外でさらに高まる日本語教育ニーズに対応する取り組みを続けています。その中で、研修現場や就労現場ですぐに使える日本語に対する要望・期待が高まっていることを日々感じてきました。そして、この様々な「現場の日本語」へのニーズに対し、AOTS がこれまで培ってきた人材育成の経験を広く還元することは私たちの使命であるとの考えに至りました。

　AOTS の技術研修生の日本語学習の目的が、受入企業での技術習得のためであるのと同じように、多くの産業人材は現場で働くという明確な目的があり、その目的を達成するために日本語を必要としています。「即戦力として」活躍することが求められる産業人材は、現場で必要な日本語を「短期間で」「効率的に」習得しなければなりません。そのためには、現場に必要な言語活動を想定し、必要な語彙・表現を効率的に学ぶ必要があります。そこで、私たちは、初級総合日本語学習を補完する産業人材向けの教材を作成することにしました。

　本教材は、産業人材が遭遇するであろう場面を設定し、「その場面での言語活動が達成できるようにする」「日本企業での適応能力を育む」というコンセプトのもと作成しています。CEFR の行動中心主義を教材開発の理念として採用しつつ、『大家的日本語』などの初級総合教科書を使用する教育機関でも取り入れやすくするため、3 段階のレベルを設定しました。使用文型は、基本的に『大家的日本語』の学習文型に準拠していますが、産業人材に必要な語彙・表現を積極的に取り入れることで、すぐに使える現場の日本語の習得を目指しています。また、実際に産業人材が直面するリアリティのある言語活動を通して、単なる言語形式の練習にとどまらず、日本企業での慣習に対する理解も促します。

　本教材が、「日々の業務にすぐに役立つことを勉強したい」と望む日本語学習者の皆様、「日々の業務に役立つことを教えたいが、どうしたらいいかわからない」と悩む日本語教師の皆様に役立つことを期待し、延いては外国人受入企業や日本社会の円滑な多文化受容に寄与することを願っています。

2021 年 3 月　一般財団法人海外産業人材育成協会

本教材をお使いになる方へ

・本教材の目指すもの

　本教材は、「ルールやマナーを聞く」「使い方について質問する」といった、実際に産業人材が遭遇する場面や状況を設定し、その場面・状況における言語活動が達成できるようになることを目的としています。また、設定された場面やタスクに対して、「なぜ」「どうして」という疑問点を学習者自身にも考えてもらうことによって、日本の企業文化に対する理解を深めることも目指しています。

・シリーズ構成

　本教材は、『大家的日本語 初級、進階』に準拠し、初級（レベル１、２）と進階（レベル３）に分かれています。初級は各ユニットの中でレベル１とレベル２に分かれていますので、予めどちらのレベルが学習者に合ったものなのか、確認してください。

シリーズ	レベル	対象レベル	ユニット数
初級	レベル１	『大家的日本語 初級Ⅱ』13 課終了レベル	10
初級	レベル２	『大家的日本語 初級Ⅱ』25 課終了レベル	10
進階	レベル３	『大家的日本語 進階Ⅱ』48 課終了レベル	15

※初級 10 ユニットのテーマとなる言語活動は、進階と重なりますが、難易度が異なります。

・各ユニットの流れ（進め方）

　本教材は、理解から産出へと促すために、【調べるタスク】、【聞くタスク】、【話すタスク】の順番にユニットが並んでいますが、どのユニットから始めても良いようになっています。学習者の興味や状況に合わせて、使用ユニットを選んでください。

　ユニットの基本的な流れは以下のとおりです。各ユニットの詳しい進め方は、教師用手引きをご覧ください。

①【話題・場面／タスクの目標】

　ユニットのテーマとなっている言語活動やその場面について理解し、「何ができるようになるか」という目標を確認します。

②【ウォーミングアップ】

【メインタスク】に入る前の準備をします。ここで、【メインタスク】に対するモチベーションを高めます。

③【語彙リスト】

レベル3 『大家的日本語 進階Ⅱ』第48課までで未習の語彙、表現、文型を取り上げています。

④【メインタスク】

【メインタスク】には、【調べるタスク】、【聞くタスク】、【話すタスク】があり、ユニットのテーマとなっている言語活動によってタスクが異なります。①で確認したタスクの目標が達成できるように、各言語活動に即した内容で練習をします。

使用文型は基本的にレベル1～3のそれぞれの段階に応じたものが使われていますが、言語活動によっては未習の文型が含まれます。未習の文型は表現と見なし、語彙リストに掲載していますので、参照してください。

【聞くタスク】における未習文型（理解することが重要な文型）

　　例1：ユニット2（レベル1）「食堂の人にチケットを見せてください。」

　　　　→語彙リストは「見せてください」で掲載

【話すタスク】における未習文型（運用することが重要な文型）

　　例1：ユニット10（レベル1）「電車の遅延で、10分ぐらい遅刻します。」

　　例2：ユニット11（レベル3）「部品の発注ミスがあったみたいです。」

　　　　→語彙リストは「～で」「～みたいです」で掲載

※本教材では、テーマとなっている言語活動を達成すること、現実に近い場面を疑似体験することを重視しています。ユニットごとに【メインタスク】の練習形態やプロセスが異なる点にご注意ください。

⑤【会話練習】

　【聞くタスク】のユニットでは、【会話練習】によって理解語彙を使用語彙に高めます。【話すタスク】のユニットでは、【会話練習】で、より平易な表現での練習をし、会話の流れを身につけます。あるいは、【話すタスク】には出てこない表現で練習をし、表現に広がりを持たせます。

⑥【便利な表現】

　テーマとなっている言語活動に関連した語彙や表現を、例文を使って覚えます。

・表記と翻訳

　表記は『大家的日本語 初級、進階』に準拠し、原則として常用漢字（1981年内閣告示）を用いていますが、研修現場や就労現場でよく使われる言葉（例：整理整頓）は、一部漢字に改めました。漢字にはすべてふりがなを振っています。

　また、各ユニットのタイトル、話題・場面、タスクの目標は、学習者に正確に理解してもらうため、翻訳（中国語、英語）を併記しています。

・マークについて

　🔊　　音声のファイル番号を表示

　▶　　動画のファイル番号を表示

　レベル1　ウォーミングアップ、タスク、会話練習、便利な表現のレベルを表示

・学習時間

　1ユニット当たりの学習時間は50分程度を想定しています。『大家的日本語 初級、進階』を主教材として使用しているクラスで、スケジュールに応じて、フレキシブルに取り入れることができます。

①	【話題・場面／タスクの目標】	5～10分
②	【ウォーミングアップ】	
③	【メインタスク】　　【調べるタスク】　【聞くタスク】　【話すタスク】	30～40分
④	【会話練習】	5～10分
⑤	【便利な表現】	

・補助教材

　以下の補助教材を https://www.dahhsin.com.tw/ で公開しています。
ダウンロードしてご活用ください。

音声と動画

　音声と動画のユニットごとの対応は以下のようになります。

　【聞くタスク】の動画…ユニット２、５

　【聞くタスク】の音声…ユニット３、４

　【話すタスク】の動画…ユニット６、８、１０、１３

　【話すタスク】の音声…ユニット７、９、１１、１２、１４、１５

教師用手引き

　教師用手引きでは、ユニットごとに、ユニットの概要、具体的な進め方、指導上の留
　意点を説明しています。

致本教材使用者

・本教材目標

　本教材的目的是設定產業人才實際會遭遇的情境或狀況，在那個情境或狀況下可以達成的「聆聽規則或禮儀」「詢問關於使用方法」等對話行動。此外，在面對設定的情境或是課題時，學習者也能自我思考「為何」「為什麼」等疑問之處，可加深對日本企業文化的理解。

・本教材構成

　本教材是以『大家的日本語 初級、進階』為基準，分為初級（等級 1、2）以及進階（等級 3）。因為初級各個單元又分為等級 1 與等級 2，請事先確認哪個等級適合學習者。

教材名稱	等級	學習者等級	單元數
初級	等級 1	學完『大家的日本語 初級 II』13 課的等級	10
	等級 2	學完『大家的日本語 初級 II』25 課的等級	
進階	等級 3	學完『大家的日本語 進階 II』48 課的等級	15

※初級 10 個單元的主題對話行動與進階重複，但難易度不同。

・各課流程（進行方式）

　本教材為了促使學習者從理解到實際運用，各單元雖按照【查詢課題】、【聽取課題】、【口說課題】順序編排，但從哪個單元開始都可以。可以配合學習者的興趣與狀況，選擇適用的單元。

　單元的基本流程如下所示。各單元詳細的進行方式，請參閱教師用指導手冊。

①【話題與情境／課題目標】

　理解各單元主題所形成的對話行動及情境，並確認「要變得會做什麼」的學習目標。

②【準備活動】

在進入【主要課題】前的準備。在這裡可以提高面對【主要課題】的學習動機。

③【語彙表】

等級 3 提示在『大家的日本語 進階Ⅱ』第 48 課為止，尚未學習過的語彙、表現、句型。

④【主要課題】

在【主要課題】中，包含【查詢課題】、【聽取課題】、【口說課題】，根據各單元主題所形成的對話行動而有所差異。為了能夠達成步驟①所確立的課題目標，練習符合各個對話行動的內容。

雖然基本上是使用對應等級 1～3 各自程度的句型，但根據對話行動也會包含尚未學習過的句型。可以將尚未學習的句型視為表現，請參考語彙表中所記述。

在【聽取課題】中，尚未學習的句型（理解重要的句型）

　　例 1：單元 2（等級 1）「請把票券給食堂的人確認。」

　　　　→語彙表上會記載「見せてください」。

在【口說課題】中，尚未學習的句型（運用重要的句型）

　　例 1：單元 10（等級 1）「因為電車延遲，遲到 10 分鐘左右。」

　　例 2：單元 11（等級 3）「零件的訂購好像發生錯誤了。」

　　　　→語彙表上會記載「～で」「～みたいです」。

※本教材注重達成主題所形成的對話行動，以及模擬貼近現實的情境。請注意每單元【主要課題】的練習形式及過程的差異之處。

⑤【會話練習】

在【聽取課題】的單元中，透過【會話練習】，將理解詞彙提高為使用詞彙；在【口說課題】的單元中，透過【會話練習】，習得更淺顯易懂的表現、學習會話的流程，或練習使用在【口說課題】中沒有出現的表現，增廣自己使用的語句。

⑥【方便的表達】

記得使用與主題所形成的對話行動相關的語彙、表現及例句。

・表記與翻譯

　　表記方式是根據『大家的日本語 初級、進階』，原則上會使用常用漢字（1981 年內閣公告），但在培訓和工作現場的常用詞彙（例：整理整頓）也將一部分改為漢字表示。漢字的部分也會全部標上假名讀音。

　　另外，為了使學習者正確理解各單元的主題、話題情境、課題目標，一併記下翻譯（中文、英文）。

・關於標記

　　🔊　　　音檔的編號

　　▶️　　　動畫的編號

　　レベル1　　表示準備活動、課題、會話練習、方便的表達等內容的等級

・學習時間

　　每一單元設定的學習時間為 50 分鐘。使用於以『大家的日本語 初級、進階』作為主教材的課程中，可以配合時程靈活運用於課程中。

①	【話題情境／課題目標】		5 ～ 10 分
②	【準備活動】		
③	【主要課題】	【查詢課題】 【聽取課題】 【口說課題】	30 ～ 40 分
④	【會話練習】		5 ～ 10 分
⑤	【方便的表達】		

・輔助教材

以下的輔助教材將公開於大新官網 https://www.dahhsin.com.tw/。請多加利用。

音檔與影片

每課搭配的音檔與影片如下所示。

【聽取課題】的影片…單元２、５

【聽取課題】的音檔…單元３、４

【口說課題】的影片…單元６、８、１０

【口說課題】的音檔…單元７、９

教師用指導手冊

在教師用指導手冊中，各單元皆有說明單元摘要、具體課程進行方式、教學指導時需要
注意之處。

学習項目一覧（進階）

ユニット	話題・場面	タスクの目標	日本の企業文化理解	タスクの技能
1　標示の意味を調べる	職場でよく目にする標示を確認する	職場における標示の意味や漢字の読み方を様々な手段で調べ、理解することができる	わからないことを自発的に学ぶ	調べる
2　ルールやマナーの説明を聞く	研修初日に社内のルールや基本的なマナーについて説明を受ける	注意事項やルールの説明を聞いて、理解することができる	職場のルールを理解する	聞く
3　災害時のアナウンスを聞く	災害時のアナウンスを聞く	災害発生を知らせるアナウンスから必要な情報を聞き取ることができる	災害時に自分の身を守る	聞く
4　工場見学の説明を聞く	指導員に実習する工場を案内してもらい、説明を受ける	見学先の説明を聞きながら、全体の工程と必要な情報が理解できる	予め目的を持って説明を受ける	聞く

＊「主要な文型、主要な表現」の課表示はその文型、表現が『大家的日本語』のどの課で扱われ
　ているかを表しますが、意味機能が完全に一致しない場合も便宜的に載せています。
＊網掛けはそのレベル外のものです。

	レベル	主要な文型	主要な表現
	3	〜と読みます（33課） 〜という意味です（33課） 〜と書いてあります（33課）	あの漢字は何と読むんですか どういう意味ですか
	3	〜てください（14課）　〜てから（16課） 〜ないでください（17課） 〜と思います（21課） 〜とき（23課）　〜ながら（28課） 〜ておいてください 　（〜ておきます30課＋〜てください14課） 〜ておいてもいいですか 　（〜ておきます30課＋ 　　〜てもいいですか15課） 〜ように（36課） 〜ようにしてください（36課） 〜ので（39課）	じゃ（3課） まず（16課） では（22課） どうしたらいいですか
	3	〜てください（14課）　〜ています（15課） 〜ないでください（17課） 〜かもしれません（32課） 〜て／ないで（34課） （ら）れます（37課） 〜ように（36課） 〜ので（39課）　〜て／で（理由）（39課） 〜かどうか（40課） 〜場合は（45課）	〜警報が発表されました 台風が近付いています 早めに帰宅してください 体を低くして逃げてください 階段を使ってください 落ち着いて避難してください 余震に気をつけてください 海や川に近寄らないでください 絶対に
	3	〜ています（15課） 〜ことです（18課） 〜ことができます（18課） 〜まえに（18課） 〜たり、〜たりします（19課） 〜んです（26課）　〜ので（39課） 〜ところです（46課）	そうですか（2課） 〜ね（4課） 〜台（11課） 〜人（11課） そうなんですか なるほど すごいですね

ユニット	話題・場面	タスクの目標	日本の企業文化理解	タスクの技能
5　予定や指示を聞く	朝礼でその日の予定や指示を聞く	同じ部署の人の予定や指導員・上司の指示を聞いて理解できる	他者と連携して仕事をする	聞く
6　予定を共有する	朝礼でその日の予定を共有する	朝礼で自分の行動予定をチームのメンバー（同僚）と共有することができる	業務計画を立てて仕事を進める	話す
7　予定を確認する	研修の予定について担当者に確認する	わからないことを質問したり、聞いた内容を確認したりすることができる	効率や正確さが重視される現場で、不確かな情報をその場ですぐに確認する	話す
8　使い方について質問する	質問して、わからないことを解決する	自分の質問の意図を明確に伝えたり、わからないことをもう一度質問したりすることができる	わからないことを放置しないようにする	話す
9　体調不良を伝える	担当者に体調不良やけがの様子を伝える	体調不良やけがの様子を伝えることができる	体調不良やけがを迅速に報告することで、職場や業務への影響を最小限にする	話す
10　遅刻の連絡をする	出勤時、交通機関の遅延による遅刻を電話で連絡する	指導員や上司に遅刻の連絡をすることができる	遅刻の際は連絡が必要なことを理解する	話す
11　問題発生を報告する	業務で発生した問題について指導員に報告する	問題が発生した場合、速やかに簡潔に報告することができる	自責他責に関わらず、問題が発生した際は、迅速に報告する	話す

	レベル	主要な文型	主要な表現
	3	〜てください（14課） 〜たいと思います 　（〜たいです13課＋〜と思います21課） 〜で〜があります（21課） 〜予定です（31課） 〜かもしれません（32課） 〜と言っていました（33課）　〜ので（39課）	じゃ（3課） まず（16課） 次に（16課） では（22課） 〜後（27課）
	3	〜ていただけませんか（26課） 〜予定です（31課） 〜（よ）うと思っています（31課） まだ〜ていません（31課） 〜ように（36課）　〜ので（39課）	午前は〜／午後は〜 〜ようにします 以上です（45課）
	3	Yes-No 疑問文 Wh 疑問文 疑問詞＋か（40課）	あのう、すみません。 わかりました。 〜ね（4課） これでいいですか（34課）
	3	〜たいです（13課） 〜てもいいですか（15課） 〜んです（26課） 〜んですが、〜ていただけませんか（26課） 〜んですが、どうすればいいですか（35課） 〜ので（39課）　〜てみます（40課）	あのう（2課） どうやって（16課） 〜じゃなくて これですか
	3	〜くて／〜で（16課）　〜んです（26課） 〜てしまいました（29課） 〜ほうがいいです（32課） 〜かもしれません（32課）	あのう（2課） 実は（28課）
	3	〜んです（26課）　〜てしまいました（29課） 〜と伝えていただけませんか（33課） 〜て／で（理由）（39課） 〜そうです（43課）	〜が（14課）
	3	〜と思います（21課）　〜とき（23課） 〜てしまいました（29課） 〜ほうがいいです（32課） 〜て／で（理由）（39課）　〜てみます（40課）	あのう（2課）　〜について（21課） 実は（28課） ちょっとよろしいですか どうすればいいでしょうか それで（28課） Nがあったみたいです

ユニット	話題・場面	タスクの目標	日本の企業文化理解	タスクの技能
12　困っていることを相談する	困っていることについて指導員に相談する	困っている内容について具体的に説明して相談することができる	相談するときに単なる情報共有にならないように、問題解決のための方法について話し合う	話す
13　連絡事項を伝言する	急な伝言を頼まれ、ほかの人に伝える	伝言を確実、正確に行うことができる	その状況に適切な手段で伝言する	話す
14　指導・アドバイスを受ける	研修先で指導やアドバイスを受ける	職場の人からの指導やアドバイスを聞いて、謙虚な姿勢で答えることができる	指導・アドバイスをしている人の気持ちや意図を汲む	話す
15　業務の成果や課題を話す	自分の業務を振り返り、課題について解決策をまとめる	自分のこれまでの業務の成果と課題を挙げ、課題に対する解決策を提案することができる	自分の業務を振り返ることの重要性を認識する	話す

	レベル	主要な文型	主要な表現
	3	〜てもいいですか（15課） 〜なければなりません（17課） 〜んですが、〜ていただけませんか（26課） 〜かもしれません（32課） 疑問詞＋〜ば、いいですか（35課） 〜なくて（理由）（39課）	あのう（2課） 実は（28課） 今、お時間ありますか 〜よね どうすればいいでしょうか
	3	〜てもいいですか（15課） 〜んですが、〜ていただけませんか（26課） 〜てしまいました（29課） 〜（よ）うと思っています（31課） 〜予定です（31課） 〜と言っていました（33課） 〜と伝えていただけませんか（33課） 〜ので（39課）　〜そうです（47課）	お電話代わりました お疲れさまです
	3	〜と思います（21課）　〜ても（25課） 〜かもしれません（32課） 〜ほうがいいです（32課） 〜ように（36課） 〜ようにしてください（36課） 〜て／で（理由）（39課） 疑問詞＋か（40課） 〜ようです（47課）	そうですね（5課） 〜とか、〜とか（30課） 自分では、わかったと思っていました 勘違いをしていたかもしれません よくわかります
	3	〜なければなりません（17課） 〜ことです（18課） 〜く／になります（19課） 〜と思います（21課） 〜ても（25課）　〜ています（28課） 〜（よ）うと思っています（31課） 〜て／ないで（34課） 〜ように（36課） 〜ようにします（36課） 〜のは〜です（38課） 〜ので（39課） 〜て／で（理由）（39課） 疑問詞＋か（40課）　〜てみます（40課）	よかったことは〜ことです 問題は／問題なのは〜ことです 原因は〜からだと思います その調子で頑張ってください

システムトーキョー　　　　　　　　オーサカ自動車

サリ　　山下　　森田　　鈴木　　斉藤　　ナム

目次　　はじめに

ユニット 1 標示の意味を調べる

ひょうじ　いみ　しら

査詢標示的含義
Investigating the meaning of signs

話題・場面 わ だい　ば めん 話題情境 Subject, situation	職場でよく目にする標示を確認する しょくば　め　　ひょうじ　かくにん 確認在職務現場經常看到的標示 Checking signs often seen in the workplace
タスクの目標 もくひょう 課題目標 Task objectives	職場における標示の意味や漢字の読み方を様々な手段で調 しょくば　　　　ひょうじ　い み　かん じ　よ　かた　さまざま　しゅだん　しら べ、理解することができる り かい 採用各種方法調查職務現場的標示含義與漢字的讀法，並能夠理解 To be able to investigate the meanings of signs in the workplace and readings of kanji through various means, and to understand them

 ## ウォーミングアップ

レベル3

あなたはきょう初めて研修をする会社へ来ました。あなたは「じむしょ」
はじ　けんしゅう　　かいしゃ　き
へ行きたいです。どうしますか。
い

 **語彙リスト**

読み方	漢字	意味
ウォーミングアップ		
1. けんしゅう	研修	研修
会話練習		
1. かんじのよみかたと いみをきく	漢字の読み方と 意味を聞く	問漢字的讀法和意思
便利な表現		
1. さつえいきんし	撮影禁止	禁止拍照
2. こうおんちゅうい	高温注意	注意高溫
3. さぎょうちゅう	作業中	作業中
4. てんけんちゅう	点検中	檢查中

調べるタスク1

レベル3

ウォーミングアップの「作業場、事務所、倉庫」の読み方と意味を翻訳ア
プリで調べましょう。

話し合いましょう

レベル3

いつもどんな方法でことばを調べますか。グループで話しましょう。

調べるタスク2

レベル3

「話し合いましょう」で聞いた方法で①〜⑤のことばの読み方と意味を調
べましょう。

例 使用中	しょうちゅう in use occupied	① 作業中	
② 応 接 室		③ 休 憩 室	
④ 左右確認		⑤ 従業員用 出入口	

**会話練習**
かいわれんしゅう

レベル3

1. 漢字の読み方と意味を聞く　　➡【～と読みます／～という意味です】（33課）
　かんじ　よ　かた　いみ　き

A：すみません。

　　［①立入禁止］あの漢字は何と読むんですか。
　　　　　　　　　　かんじ　なん　よ

B：「②たちいりきんし」と読みます。
　　　　　　　　　　　　　　　よ

A：どういう意味ですか。

B：③ここに入ってはいけないという意味です。
　　　　　　はい　　　　　　　　　　いみ

A：わかりました。ありがとうございました。

1）①火気厳禁

　　②かきげんきん

　　③火を使ってはいけ
　　　ひ　つか
　　　ません

2）①使用中

　　②しようちゅう

　　③今、使っています
　　　いま　つか

便利な表現
べんり　ひょうげん

レベル3

1. 【〜と書いてあります】（33課）
　か

・あそこに「撮影禁止」と書いてありますよ。
　　　　　　さつえいきんし　　か

　ですから、写真を撮ってはいけません。
　　　　　しゃしん　と

・「故障」と書いてありますよ。壊れていますから、使えません。
　こしょう　か　　　　　　　こわ　　　　　　　つか

・あ、危ない！　やけどしますよ。
　　あぶ

　ここに「高温注意」と書いてあります。
　　　　こうおんちゅうい　か

・あ、「立入禁止」と書いてありますよ。
　　　たちいりきんし　か

　ですから、ここに入ってはいけません。
　　　　　　　　はい

2. 【〜と読みます】（33課）【〜という意味です】（33課）
　よ　　　　　　　　　　　　　　　　　　いみ

・［作業中］この漢字は「さぎょうちゅう」と読みます。
　　さぎょうちゅう　かんじ　　　　　　　　　　　　よ

　今作業しているという意味ですよ。
　いまさぎょう　　　　　　いみ

・［撮影禁止］この漢字は「さつえいきんし」と読みます。
　　さつえいきんし　かんじ　　　　　　　　　　よ

　写真を撮ってはいけないという意味ですよ。気をつけてください。
　しゃしん　と　　　　　　　　　　いみ　　　き

・［点検中］この漢字は「てんけんちゅう」と読みます。
　　てんけんちゅう　かんじ　　　　　　　　　　よ

　点検しているという意味ですよ。ですから、今は使えません。
　てんけん　　　　　　いみ　　　　　　　　いま　つか

ユニット 2　ルールやマナーの説明を聞く
せつ めい き

話題・場面 わ だい ば めん 話題情境 Subject, situation	研修初日に社内のルールや基本的なマナーについて説明を受 けんしゅうしょにち しゃない き ほんてき せつめい う ける 在培訓的第一天接受公司內部規則和基本禮儀的説明 Receiving an explanation of internal rules and basic etiquette on the first day of training
タスクの目標 もくひょう 課題目標 Task objectives	注意事項やルールの説明を聞いて、理解することができる ちゅうい じ こう せつめい き り かい 聽注意事項和規則的説明，並能夠理解 To be able to listen to and understand explanations of important points and rules

 ## ウォーミングアップ

レベル3

あなたは、きょう初めて研修先の企業に来ました。これから研修担当者
　　　　　 はじ けんしゅうさき き ぎょう き けんしゅうたんとうしゃ
が社内の説明をします。初めて社内の説明を聞くとき、あなたはどんな
しゃない せつめい はじ しゃない せつめい き
ことが知りたいですか。
し

語彙リスト

読み方	漢字	意味
ウォーミングアップ		
1. けんしゅうさきのきぎょう	研修先の企業	研修單位的企業
2. けんしゅうたんとうしゃ	研修担当者	研修負責人
3. しゃない	社内	公司內部
聞くタスク1		
1. ルール		規則
2. マナー		禮儀
聞くタスク1 [1. ロッカールームで]		
1. けんしゅう	研修	研修、培訓
2. ロッカールーム		更衣室
3. ロッカー		置物櫃
4. きがえます	着替えますⅡ	換衣服
5. じかんげんしゅ	時間厳守	遵守時間
6. さぎょう	作業	作業
7. ちょうれいをします	朝礼をしますⅢ	開早會
聞くタスク1 [2. 工場で]		
1. きつえんじょ	喫煙所	吸菸區
2. きんし	禁止	禁止
3. きかい	機械	機器
4. マニュアル		手冊、指南
5. あんぜんだいいち	安全第一	安全第一

聞くタスク１［4. 工場で］

1.	こうぐ	工具	工具
2.	せいりせいとん	整理整頓	整理整頓
3.	にっぽう	日報	毎日報告
4.	ちこくします	遅刻しますⅢ	遅到

会話練習

1.	ちゅういをする	注意をする	警告、注意
2.	しじをする	指示をする	指示

便利な表現

1.	きょうりょくします	協力しますⅢ	合作
2.	みほん	見本	樣本、範本
3.	みつもりしょ	見積書	報價單
4.	さくせいします	作成しますⅢ	製作
5.	ぶひん	部品	零件
6.	トラブル		問題、故障
7.	ふぐあい	不具合	故障
8.	ほうこくします	報告しますⅢ	報告
9.	のうき	納期	交貨期、交付期限

聞くタスク1
き

鈴木さんがナムさんに話します。動画を見て、会社のルールやマナーを書
すずき　　　　　　　　　　　はな　　　どうが　み　　かいしゃ　　　　　　　　　　　　　か
きましょう。

レベル3 ▶ 01

1．ロッカールームで　レベル3 ▶ 02

2．工場で　レベル3 ▶ 03
こうじょう

3．食堂で　レベル3 ▶ 04
しょくどう

4．工場で　レベル3 ▶ 05
こうじょう

 聞くタスク２
き

レベル３

もう一度、動画を見ましょう。 ▶01
いち ど どう が み

1. ロッカールームで鈴木さんがナムさんに説明をしています。大切なこ
   すず き せつめい たいせつ
   と（注意やルール）は何ですか。 ▶02
   ちゅう い なん

   ・（①　　　　　　　　　　　　　） までに工場へ来る
   　　　　　　　　　　　　　　　　　　こうじょう く
   ・時間（②　　　　　　　　　　）
   　じ かん
   ・ロッカーの（③　　　　　　　　　　　） を（④　　　　　　　　　　　）

   　ようにする

2. 工場で鈴木さんがナムさんに説明をしています。大切なこと（注意や
   こうじょう すず き せつめい たいせつ ちゅう い
   ルール）は何ですか。 ▶03
   なん

   ・工場では絶対にたばこを（①　　　　　　　　　　　　）
   　こうじょう ぜったい
   ・たばこは（②　　　　　　　　　） で吸う
   　　　　　　　　　　　　　　　　　　す
   ・工場では（③　　　　　　　　　） 禁止
   　こうじょう きん し
   ・大きい機械に（④　　　　　　　　　）
   　おお き かい

3．食堂で鈴木さんがナムさんに説明をしています。 ▶04

①食堂の料理を食べたいときは、どうしたらいいですか。

- -

②食堂で勉強してもいいですか。

- -

4．工場で鈴木さんがナムさんに説明をしています。大切なこと（注意や
ルール）は何ですか。 ▶05

・使った（①　　　　　　　）は（②　　　　　　　）に戻す
・工場では（③　　　　　　　　）が大切
・（④　　　　　　　　）を書く
・朝礼に（⑤　　　　　　　）ないようにする
・遅刻するときは（⑥　　　　　　）までに（⑦　　　　　　　）に
連絡する

12

会話練習
かいわれんしゅう

レベル3

1. 注意をする
ちゅうい

A：あ、危ない。①機械の下に手を入れると、
　　あぶ　　　　　　きかい　した　て　い
　　②けがをしますよ。

B：はい。

A：絶対に①手を入れないようにしてください。
　　ぜったい　　て　い

B：わかりました。気をつけます。
　　　　　　　　　　　き

→【～ようにしてください】（36課）

1）①これに触ります
　　　　　　　さわ
　　②やけどをします

2）①無理にレバーを
　　　むり
　　押します
　　お
　　②機械が故障します
　　　きかい　こしょう

2. 指示をする
しじ

A：きょうはありがとうございました。

B：お疲れさまでした。
　　つか

A：①工具を使ったら、②元の所に戻して
　　こうぐ　つか　　　もと　ところ　もど
　　おいてください。

B：はい、わかりました。

→【～ておきます】（30課）

1）①作業が終わります
　　　さぎょう　お
　　②きれいに掃除します
　　　　　　　そうじ

2）①日報を書きます
　　　にっぽう　か
　　②課長にもメールで
　　　かちょう
　　送ります
　　おく

 **便利な表現**

レベル3

1.【～ながら】（28課）

- マニュアルを見ながら、機械を操作します。

- みんなで協力しながら、作業を行います。

- 見本を見ながら、見積書を作成します。

- 話しながら、機械を操作してはいけません。

2.【～ておきます】（30課）

- 工具を使ったら、片づけておきます。

- 作業が終わったら、工具をしまっておきます。

- まだ使いますから、工具はそのままにしておいてください。

- わたしが片づけますから、工具はそこに置いておいてください。

- あとで組み立てますから、部品はそこに並べておいてください。

3.【～ようにしてください】（36課）

- トラブルがあったら、必ず相談するようにしてください。

- 機械の不具合を見つけたら、必ず報告するようにしてください。

- 納期に間に合わないときは、すぐ連絡するようにしてください

- ミーティングに間に合わないときは、必ず連絡するようにしてください。

<table>
<tr><td rowspan="2"></td><td>災害時のアナウンスを
聞く</td><td>聴災害時的廣播
Listening to disaster announcements</td></tr>
</table>

ユニット 3 災害時のアナウンスを聞く
聴災害時的廣播
Listening to disaster announcements

話題・場面 わだい　ばめん	災害時のアナウンスを聞く さいがいじ　　　　　　　　　き
話題情境 Subject, situation	聴災害時的廣播 Listening to disaster announcements
タスクの目標 もくひょう 課題目標 Task objectives	災害発生を知らせるアナウンスから必要な情報を聞き取ることができる さいがいはっせい　し　　　　　　　　　　　　　　　　ひつよう　じょうほう　き　と 可以從通知災害發生的廣播聽取必要的資訊 To be able to understand necessary information in announcements of disasters

ウォーミングアップ

レベル3

１．日本語で何ですか。
　　にほんご　　なん

① (　　　　　　　　　)

② (　　　　　　　　　)

③ (　　　　　　　　　)

④ (　　　　　　　　　)

⑤ (　　　　　　　　　)

⑥ (　　　　　　　　　)

語彙リスト

読み方	漢字	意味
ウォーミングアップ		
1. おおあめ	大雨	大雨
2. こうずい	洪水	洪水
3. おさえます	押さえますⅡ	捂住
4. あまど	雨戸	防雨窗
聞くタスク1		
1. きんきゅうじしんそくほう	緊急地震速報	緊急地震速報
2. おおじしん	大地震	大地震
3. かさい	火災	火災
4. はっせいします	発生しますⅢ	發生
5. おちつきます	落ち着きますⅠ	冷靜下來
6. ひなんします	避難しますⅢ	避難
7. けいほう	警報	警報
8. ふきん	付近	附近
9. たかだい	高台	高台
聞くタスク2 [1.1)]		
1. ちかづきます	近付きます	靠近
2. かんとうちほう	関東地方	關東地區
3. はやめに	早めに	盡快
4. きたくします	帰宅しますⅢ	回家
5. ていでん	停電	停電
6. きかい	機械	機器
7. かんばん	看板	招牌

16

8.	とびます	飛びますⅠ	被……吹
9.	でんちゅう	電柱	電線桿

聞くタスク 2 [1. 2)]

1.	さぎょうしつ	作業室	作業室
2.	けむり	煙	煙

聞くタスク 2 [3. 1)]

3

1.	しんげんち	震源地	震源
2.	さいたまけんなんぶ	埼玉県南部	埼玉縣南部
3.	とうきょうとにじゅうさんく	東京都 23 区	東京都 23 區
4.	しんど	震度	震度
5.	よしん	余震	餘震

聞くタスク 2 [3. 2)]

1.	はなれます	離れますⅡ	離開
2.	ちかよります	近寄りますⅠ	接近
3.	アナウンス		廣播

会話練習

1.	さいがいじのこうどう についてちゅういする	災害時の行動 について注意する	有關災害時的 行動警告
2.	ひじょうかいだん	非常階段	避難樓梯
3.	そうむぶ	総務部	總務部
4.	かいせん	回線	線路
5.	けいたいでんわ	携帯電話	手機
6.	こうしゅうでんわ	公衆電話	公用電話
7.	さいがいじのしじをあおぐ	災害時の指示を仰ぐ	請求災害時的指示

便利な表現

1.	みあわせます	見合わせますⅡ	停止
2.	さいかい	再開	重新開始、恢復

ウォーミングアップ

レベル3

2. 何をしますか。
   なに

① 　②　③

・　　　　　　　　・　　　　　　　　・

・　　　　　　　　・　　　　　　　　・

鼻と口をタオルで　　雨戸を閉めます　　机の下に入ります
はな　くち　　　　　あま ど　し　　　つくえ した　はい
押さえます
お

 聞くタスク1
き

レベル3

仕事のとき、急にアナウンスが聞こえました。このアナウンスは何のお知
しごと　　　きゅう　　　　　　　き　　　　　　　　　　なん　し
らせですか。

◻️◻️から選んで、（　　　）に書きましょう。
えら　　　　　　　　　か

津波	火事	洪水	地震	台風	大雨
つなみ	かじ	こうずい	じしん	たいふう	おおあめ

🔊01　①（　　　　　　）　🔊02　②（　　　　　　　）

🔊03　③（　　　　　　）

レベル３

１．仕事中に、急にアナウンスが聞こえてきました。このアナウンスは何
　しごとちゅう　きゅう　　　　　　　　　　き　　　　　　　　　　　　　　　　　　なん
　のお知らせですか。□□□□から選んで、（　　　　）に書きましょう。
　　　　し　　　　　　　　　えら　　　　　　　　　　　　　　　　か

津波	火事	洪水	地震	台風	大雨
つ な み	か じ	こうずい	じ しん	たいふう	おおあめ

3

◀)) 04　１)（　　　　　　　　　　　）◀)) 05　２)（　　　　　　　　　　　　　）

２．アナウンスを聞いた人は何をしなければなりませんか。（　　　　）に
　　　　　　　　　　き　ひと　なに
　ことばを書きましょう。
　　　　　　か

１)　早めに（①　　　　　　　　　　）なければなりません。
　　　はや

　　必ず（②　　　　　　　　　　　）を切らなければなりません。
　　かなら　　　　　　　　　　　　　　　　　き

　　（③　　　　　　　　　　）帰らなければなりません。
　　　　　　　　　　　　　　かえ

２)（①　　　　　　　　　）から建物の外に逃げなければなりません。
　　　　　　　　　　　　　たてもの　そと　に

　　（②　　　　　　　　　）を使わなければなりません。
　　　　　　　　　　　　　つか

　　（③　　　　　　　）を吸わないように、（④　　　　　　　）を低くしなけれ
　　　　　　　　　　　す　　　　　　　　　　　　　　　　　　　ひく

　ばなりません。

　　（⑤　　　　　　　）と（⑥　　　　　　　）をタオルで押さえなければなり
　　　　　　　　　　　　　　　　　　　　　　　　　　　　お

　ません。

３．仕事中に、急にアナウンスが聞こえてきました。このアナウンスは何
　しごとちゅう　きゅう　　　　　　　　　　き　　　　　　　　　　　　　　　　　　なん
　のお知らせですか。□□□□から選んで、（　　　　）に書きましょう。
　　　　し　　　　　　　　　えら　　　　　　　　　　　　　　　　か

津波	火事	洪水	地震	台風	大雨
つ な み	か じ	こうずい	じ しん	たいふう	おおあめ

◀)) 06　１)（　　　　　　　　　　　）◀)) 07　２)（　　　　　　　　　　　　　）

4. アナウンスを聞いた人は何をしなければなりませんか。（　　　）に
　　ことばを書きましょう。

1）（①　　　　　　　　　）に気をつけなければなりません。

　　壊れた建物や（②　　　　　　　　　　　）などに気をつけなければなり

　　ません。

　　火が（③　　　　　　　　　）かどうか、確かめなければなりません。

2）（①　　　　　　　　　）や（②　　　　　　　　）の近くから離れなければな

　　りません。

　　（③　　　　　　　　　　　）へ避難しなければなりません。

　　これからのアナウンスに（④　　　　　　　　　　　）なければなりません。

 **会話練習**

レベル3

1. 災害時の行動について注意する1　　　　　→【〜かもしれません】（32課）

A：①火を使うと危ないです。　　　　　　　1）①エレベーターを

　　②火事になるかもしれません。　　　　　　　　使います

　　③懐中電灯を使ってください。　　　　　　　②止まります

B：わかりました。③懐中電灯はどこに　　　　　③非常階段

　　ありますか。　　　　　　　　　　　　　2）①ここから外へ

A：あそこです。気をつけてください。　　　　　　行きます

　　　　　　　　　　　　　　　　　　　　　　②けがをします

　　　　　　　　　　　　　　　　　　　　　　③非常口

2. 災害時の行動について注意する2　　　　　　　　→【〜ので】(39課)

A：今、①台風が近付いています。

　　②機械が故障するので、

　　③機械の電源を切ってください。

B：はい、わかりました。

1）①電車が止まります

　　②帰れない人は、

　　　ホテルを準備します

　　③総務部まで連絡し

　　　ます

2）①電話回線が混みます

　　②たぶん、携帯電話は

　　　使えません

　　③公衆電話を使います

3. 災害時の指示を仰ぐ　　　　　　　　　　　　→【〜場合は】(45課)

A：①地震が起きた場合は、どうしたら

　　いいですか。

B：すぐに②机の下に入ってください。

　　それから、③非常階段で、避難してください。

A：はい。わかりました。

B：いつでもすぐできるようにしておくことが

　　大切です。

A：わかりました。

1）①火事が起きました

　　②煙を吸わないように

　　　します

　　③落ち着いて避難し

　　　ます

2）①津波が来ます

　　②高い所へ避難します

　　③海や川に近寄り

　　　ません

3

便利な表現
べんり　ひょうげん

1. 【〜かもしれません】（32課）

   ・地震が起こったあと、津波が来るかもしれません。
   じしん　お　　　　　　つなみ　く

   これからのアナウンスに注意してください。
   ちゅうい

   ・津波は1回だけではありません。何回も来るかもしれません。
   つなみ　かい　　　　　　　　　　　なんかい　く

   ・火事を知らない人がいるかもしれません。
   かじ　し　　　ひと

   大きい声で「火事だ！」と言ってください。
   おお　こえ　かじ　　　　い

   ・停電になるかもしれませんから、パソコンの電源を切ってください。
   ていでん　　　　　　　　　　　　　　　　　でんげん　き

   ・電車で帰る人は、これから電車が止まるかもしれませんから、
   でんしゃ　かえ　ひと　　　　　　でんしゃ　と

   きょうは早くうちへ帰ってください。
   はや　　　かえ

2. 【〜ので】（39課）

   ・エレベーターは危ないので、階段を使ってください。
   あぶ　　　　　　かいだん　つか

   ・地震のあと、エレベーターは止まるので、使わないでください。
   じしん　　　　　　　　　　　と　　　　つか

   ・今、携帯電話は使えないので、公衆電話を使ってください。
   いま　けいたいでんわ　つか　　　　　こうしゅうでんわ　つか

3. 【〜て／で（理由）】（39課）
   りゆう

   ・台風で、木などが倒れるかもしれないので、気をつけて帰ってください。
   たいふう　き　　　たお　　　　　　　　　　　　　き　　　　かえ

   ・地震で、今新幹線は運転を見合わせています。
   じしん　いましんかんせん　うんてん　みあ

   運転再開まで時間がかかるかもしれません。
   うんてんさいかい　じかん

4. 【〜場合は】（45課）
   ばあい

   ・火事が起きた場合は、非常口から建物の外へ逃げてください。
   かじ　お　　ばあい　ひじょうぐち　たてもの　そと　に

   ・地震の場合は、すぐに机の下に入ってください。
   じしん　ばあい　　　　　つくえ　した　はい

工場見学の説明を聞く
こうじょうけんがく　せつめい
き

聴工廠見習的説明
Listening to explanations on plant tours

話題・場面 わだい　ばめん 話題情境 Subject, situation	指導員に実習する工場を案内してもらい、説明を受ける しどういん　じっしゅう　こうじょう　あんない　　　せつめい　う 請指導員陪同參觀要實習的工廠，接受說明 Receiving from the instructor an introduction to and explanation of the plant where training will take place
タスクの目標 もくひょう 課題目標 Task objectives	見学先の説明を聞きながら、全体の工程と必要な情報が理解 けんがくさき　せつめい　き　　　　　ぜんたい　こうてい　ひつよう　じょうほう　りかい できる 可一邊聽取見習地點的說明，一邊理解整體工程和必要資訊 To be able to understand overall processes and necessary information when listening to explanations on tours

 ## ウォーミングアップ

レベル3

1. あなたは工場を見学したことがありますか。{　はい　・　いいえ　}
　　　　　　こうじょう　けんがく

2. どんなことに気をつけて説明を聞きますか。
　　　　　　　　　き　　　　　せつめい　き

 **語彙リスト**

読み方	漢字	意味

聞くタスク１

	読み方	漢字	意味
1.	じどうしゃメーカー	自動車メーカー	汽車製造商
2.	じっちけんしゅう	実地研修	實地研修
3.	たんとう	担当	負責
4.	くみたてこうじょう	組立工場	組裝工廠
5.	こうてい	工程	工程
6.	ポイント		重點
7.	プレス		壓、按
8.	ようせつ	溶接	焊接
9.	とそう	塗装	塗裝
10.	くみたて	組立	組裝
11.	けんさします	検査しますⅢ	檢查

聞くタスク１［初めの話］

	読み方	漢字	意味
1.	ごあんないします	ご案内します	介紹
2.	やく	約	大約
3.	さぎょうします	作業しますⅢ	作業

聞くタスク１［プレス］

	読み方	漢字	意味
1.	プレスき	プレス機	油壓成型機
2.	ぶひん	部品	零件
3.	いた	板	板
4.	ひんしつチェック	品質チェック	品質檢查
5.	なるほど		原來如此

聞くタスク１［溶接〜組立］
_き　　　　　　　　_{ようせつ}　_{くみたて}

1.	ぬります	塗りますⅠ	塗
2.	〜てん	〜点	〜件

聞くタスク１［検査］
_き　　　　　　　　_{けんさ}

1.	かんせいけんさ	完成検査	完工檢查
2.	しゅっかします	出荷しますⅢ	出貨
3.	じそく	時速	時速
4.	あんぜんせい	安全性	安全性
5.	こうもく	項目	項目

会話練習
_{かい}　_わ　_{れんしゅう}

1.	せいさんだいすうを つたえる	生産台数を伝える	告知生產台數

4

 聞くタスク1

レベル3

ナムさんは先週から自動車メーカーで実地研修に参加しています。ナムさんの担当はエンジンですが、組立工場へ見学に来ました。必要なことをメモしながら、説明を聞きましょう。

	工程	ポイント
◀08	初めの話	
◀09	プレス	
◀10	溶接	
	塗装	
	組立	

26

	検査 けんさ	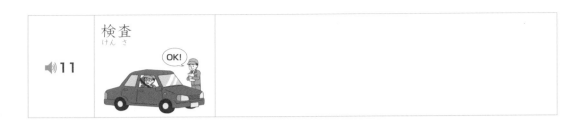	
🔊11			

聞くタスク2
き

[レベル3]

「聞くタスク1」のメモを見て、（　　　）に答えを書きましょう。{　　　}
き　　　　　　　　　　み　　　　　　　　　こた　か
の中は、ロボットか、人か、どちらもか、選びましょう。そのあと、もう
なか　　　　　　　ひと　　　　　　　　　えら
一度説明を聞きましょう。
いちど せつめい き

	工程 こうてい	ポイント
🔊08	初めの話 はじ　はなし	・この工場は1年間に約（①　　　　　　　） こうじょう　ねんかん　やく 　台の車を作っている 　だい　くるま　つく ・この工場は約（②　　　　　）人が働い 　こうじょう　やく　　　　　　　にん　はたら 　ている
🔊09	プレス	・（③　　　　　　）板で部品を作る 　　　　　　　　いた　ぶひん　つく →（④　　　　　　）車を作ることができる 　　　　　　　くるま　つく ・1分間に（⑤　　　　　）枚の部品を作る 　ぶんかん　　　　　　まい　ぶひん　つく ・プレス作業は{⑥　ロボット　・　人　} 　さぎょう　　　　　　　　　　　　ひと 　がする ・品質チェックは{⑦　ロボット　・　人　} 　ひんしつ　　　　　　　　　　　　　　ひと 　がする

4

	溶接 ようせつ	・溶接は {⑧　ロボット　・　人　} が作業 　ようせつ　　　　　　　　　　　ひと　　　　さぎょう する
	塗装 と そう	・塗装は {⑨　ロボット　・　人　} が作業 　と そう　　　　　　　　　　　ひと　　　　さ ぎょう する
◀)) 10	組立 くみたて	・組立は {⑩　ロボット　・　人　} が作業 　くみたて　　　　　　　　　　ひと　　　　さぎょう する ・（⑪　　　　　　　　　　） 点の部品がある 　　　　　　　　　　　　　　　てん　ぶ ひん
◀)) 11	検査 けん さ OK!	・検査は {⑫　ロボット　・　人　} がする 　けん さ　　　　　　　　　　　ひと ・時速 120 キロで （⑬　　　　　　　　） して、安 　じ そく　　　　　　　　　　　　　　　　　　　　　　あん 全性を確認する ぜんせい　かくにん ・検査の項目： 　けん さ　こうもく （⑭　　　　　　　　）〜（⑮　　　　　　　　）

会話練習
かいわれんしゅう

レベル3

1. 生産台数を伝える
   せいさんだいすう　つた

➡【〜んです】(26課)

A：この工場では、①1年に
　　　　こうじょう　　　　ねん

　　約②24万台の車を作っているんです。
　　やく　　まんだい　くるま　つく

B：②24万台ですか。③多いですね。
　　　　まんだい　　　　　おお

1) ①1か月
　　　　げつ

　　②2万台
　　　まんだい

　　③すごいです

2) ①1時間
　　　　じかん

　　②60台
　　　　だい

　③速いです
　　　はや

4

便利な表現
べんり　ひょうげん

レベル3

1.【〜ので】(39課)【〜ことができます】(18課)【〜んです】(26課)

・強くて軽い板を使っているので、丈夫な車を作ることができるんです。
　つよ　かる　いた　つか　　　　　　　じょうぶ　くるま　つく

・厳しい検査をしているので、安全性の高い車を作ることができるんです。
　きび　けんさ　　　　　　　　あんぜんせい　たか　くるま　つく

2.【〜ところです】(46課)

・今、プレス機を使って、車の部品を作っているところです。
　いま　　　き　つか　くるま　ぶひん　つく

・今、品質チェックをしているところです。
　いま　ひんしつ

・今、ロボットが溶接をしているところです。
　いま　　　　　　ようせつ

・今、車を運転して検査しているところです。
　いま　くるま　うんてん　けんさ

ユニット **5**	予定や指示を聞く よ てい し じ き	聽取計畫和指示 Listening to plans and instructions

話題・場面 わ だい ば めん	朝礼でその日の予定や指示を聞く ちょうれい ひ よ てい し じ き
話題情境 Subject, situation	在早會時聽當天的計畫和指示 Listening to the day's plans and instructions in morning meetings
タスクの目標 もくひょう	同じ部署の人の予定や指導員・上司の指示を聞いて理解できる おな ぶ しょ ひと よ てい し どういん じょうし し じ き りかい
課題目標 Task objectives	聽同部門的人的計畫和指導員、上司的指示，並能夠理解 To be able to listen to and understand the plans of others in the same workplace and the instructions of instructors and superiors

 ## ウォーミングアップ

5

レベル3

1. 「朝礼」をしたことがありますか。{ はい ・ いいえ }
   ちょうれい

2. 1. で「はい」の人は、朝礼で何をしましたか。
   ひと ちょうれい なに

語彙リスト

読み方	漢字	意味
ウォーミングアップ		
1. ちょうれい	朝礼	早會
聞くタスク1		
1. かいはつか	開発課	開發科
2. うちあわせ	打ち合わせ	會議、會前會
3. プロジェクトけいかく	プロジェクト計画	專案計畫
4. えいぎょうか	営業課	營業科
5. よこはまきかい	横浜機械	横濱機械
6. がいしゅつします	外出しますⅢ	外出
7. コストけいかく	コスト計画	成本計畫
8. こうていひょう	工程表	工程表
9. かんせいします	完成しますⅢ	完成
10. やりなおします	やり直しますⅠ	重做
11. か	課	科
会話練習		
1. よていをつたえる	予定を伝える	告知計畫
2. あんぜんチェック	安全チェック	安全確認
便利な表現		
1. ちこくします	遅刻しますⅢ	遲到
2. ぶひん	部品	零件
3. けっぴん	欠品	缺貨
4. けっせきします	欠席しますⅢ	缺席

工程表（またはガントチャート）の具体例↓

	4月	5月	6月	7月	8月	9月	10月	11月	12月
作業A									
作業B									
作業C									
作業D									
作業E									
作業F									
作業G									

5

聞くタスク1
き

レベル3　▶06

開発課の森田課長が山下さん、サリさんと朝礼をしています。
かいはつか　もりた　かちょう　やました　　　　　　　　ちょうれい
何を話していますか。メモをしましょう。
なに　はな

【メモ】

1．森田課長
　　もりた　かちょう

2．山下さん
　　やました

3．サリさん

聞くタスク2

レベル3　▶ 06

もう一度、動画を見ましょう。

1. 森田課長はきょう何をしますか。正しいものに○、正しくないものに
　×を書きましょう。

①プロジェクト計画を作ってから、山下さんと打ち合わせをします。

（　　　　）

②外出します。　　　　　　　　　　　　　　　　　　（　　　　）

③４時から営業課と打ち合わせをします。　　　　　　（　　　　）

2. 山下さんはきょう何をしますか。正しいものに○、正しくないものに
　×を書きましょう。

①午前に外出をして、午後会社に戻ります。　　　　　（　　　　）

②サリさんと打ち合わせをします。　　　　　　　　　（　　　　）

③午後はコスト計画を作ります。　　　　　　　　　　（　　　　）

3. サリさんはきょう何をしますか。　□□□□に書きましょう。

会話練習

1. 予定を伝える　　　　　　　　　　　　➡【～予定です】(31課)

A：朝礼を始めましょう。

　　Bさん、きょうの予定をお願いします。

B：午前は①9時半から、営業課と打ち合わせの

　　予定です。

　　それからプロジェクト計画を作ります。

　　午後は外で会議があるので、

　　②4時から外出する予定です。

1）①10時半から工場で安

　　全チェックをします

　②2時ごろ会社を出ます

2）①10時からテレビ会議

　　をします

　②事務所には戻りません

便利な表現

1.【～と言っていました】(33課)

・サリさんは10分ぐらい遅刻すると言っていました。

・課長はあした東京へ出張すると言っていました。

・佐藤さんは部品が欠品していると言っていました。

2.【～ので】(39課)

・電車のトラブルがあったので、10分ぐらい遅刻します。

・横浜機械で打ち合わせがあるので、外出します。

・きょうサリさんはお休みなので、会議はあしたにしましょう。

・出張の予定が入ったので、来週月曜日の会議は欠席します。

予定を共有する
よ　てい　　きょうゆう

共享計畫
Sharing plans

話題・場面 わ だい　ば めん 話題情境 Subject, situation	朝礼でその日の予定を共有する ちょうれい　　　ひ　よ てい　きょうゆう 在早會時共享當天的計畫 Sharing the day's plans in morning meetings
タスクの目標 もくひょう 課題目標 Task objectives	朝礼で自分の行動予定をチームのメンバー（同僚）と共有す ちょうれい　じ ぶん　こうどう よ てい　　　　　　　　　　　どうりょう　　きょうゆう ることができる 可在早會上將自己的行動計畫與小組的成員（同事）共享 To be able to share your own action plans with team members (colleagues) in morning meetings

 ウォーミングアップ

レベル3

このユニットでは「朝礼」で話す練習をします。どうして、日本の会社で
ちょうれい　　はな　れんしゅう　　　　　　　　　　　　に ほん　かいしゃ
は朝礼をすると思いますか。
ちょうれい　　　　おも

語彙リスト

読み方	漢字	意味

ウォーミングアップ

1. ちょうれいをします	朝礼をしますⅢ	開早會

聞きましょう

1. かいはつか	開発課	開發科
2. うちあわせ	打ち合わせ	會議、會前會
3. よこはまきかい	横浜機械	橫濱機械
4. がいしゅつします	外出しますⅢ	外出
5. コストけいかく	コスト計画	成本計畫
6. こうていひょう	工程表	工程表
7. かんせいします	完成しますⅢ	完成
8. やりなおします	やり直しますⅠ	重做

会話練習

1. しんちょくとよていをつたえる	進捗と予定を伝える	告知進度和計畫
2. トラブル		問題、故障
3. ほうこく	報告	報告

便利な表現

1. ぎじろく	議事録	會議記錄
2. けんさ	検査	檢查
3. ほうこくしょ	報告書	報告書

工程表（またはガントチャート）の具体例↓

	4月	5月	6月	7月	8月	9月	10月	11月	12月
作業 A									
作業 B									
作業 C									
作業 D									
作業 E									
作業 F									
作業 G									

6

レベル3　▶07

開発課の森田課長が、山下さん、サリさんと朝礼をします。動画を見ま
かいはつか　もりたかちょう　　やました　　　　　　　　　ちょうれい　　　　　どうがみ
しょう。

1.　山下さんは、何と言いましたか。（　　　　　）に書きましょう。
やました　　　なんい　　　　　　　　　　　　　　　　か

午前は、課長との打ち合わせ後に、（①　　　　　　　　　　）で
ごぜん　かちょう　うあ　　ご

（②　　　　　　　　　）があるので、外出します。
がいしゅつ

（③　　　　　　　　　）に戻る予定です。
もど　よてい

午後は（④　　　　　　　　　）を作ります。
ごご　　　　　　　　　　　　　　　　つく

以上です。
いじょう

2.　サリさんは、何と言いましたか。（　　　　　）に書きましょう。
なんい　　　　　　　　　　　　　　　　か

わたしはきのうから始めた（①　　　　　　　　　　）がまだ完成していな
はじ　　　　　　　　　　　　　　　　かんせい

いので、きょうも続けようと思っています。（②　　　　　　　　）までに
つづ　　　おも

一度（③　　　　　　　　）にメールで送りますから、確認していただ
いちど　　　　　　　　　　　　　　　おく　　　　　　かくにん

けませんか。

（④　　　　　　　　　）があればやり直して、あしたには出せるように
なお　　　　　　　だ

します。

以上です。
いじょう

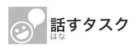 話すタスク
はな

レベル3

1.

山下さん
やました

午前は横浜機械で打ち合わせがあるので、外出します。
ごぜん　よこはまきかい　う　あ　　　　　　　　　がいしゅつ

午後はコスト計画を作ります。
ごご　　　　　けいかく　つく

以上です。
いじょう

山下さんのように、朝礼で予定を話す練習をしましょう。
やました　　　　　　　ちょうれい　よてい　はな　れんしゅう

あなたの予定
よてい

あなた

午前は＿＿＿＿＿＿＿＿＿＿ので、＿＿＿＿＿＿＿。
ごぜん

午後は＿＿＿＿＿＿＿＿＿＿＿＿＿＿＿＿。
ごご

以上です。
いじょう

6

2.

サリさん

わたしはきのうからはじめた工程表(こうていひょう)がまだ完成(かんせい)していないので、きょうも続(つづ)けようと思(おも)っています。
問題(もんだい)があればやり直(なお)して、あしたには出(だ)せるようにします。
以上(いじょう)です。

サリさんのように、朝礼(ちょうれい)で予定(よてい)を話(はな)す練習(れんしゅう)をしましょう。

あなたの予定(よてい)

あなた

わたしは＿＿＿＿＿＿＿＿＿＿＿＿＿＿＿＿＿＿＿ので、
＿＿＿＿＿＿＿＿＿＿＿＿＿＿＿＿＿と思(おも)っています。
＿＿＿＿＿＿＿＿＿＿＿＿＿＿＿＿＿ようにします。
以上(いじょう)です。

会話練習
かい わ れんしゅう

【まだ～ていません】(31課)

【～（よ）うと思っています】(31課)

レベル3

1. 進捗と予定を伝える
   しんちょく　よ てい　つた

A：①工程表はもう②できましたか。
　　こうていひょう

B：いいえ、まだ②できていません。

　　③3時までに書いて、出そうと思っています。
　　　　じ　　　か　　　だ　　　おも

A：わかりました。

1）①トラブルの報告
　　　　　　　　　ほうこく

　　②します

　　③きょうの午後します
　　　　　　ご ご

2）①会議の資料
　　　かい ぎ　し りょう

　　②送ります
　　　おく

　　③あしたまでに送ります
　　　　　　　　　おく

6

43

 **便利な表現**
べんり ひょうげん

1.【〜（よ）うと思っています】(31課)

・工程表がまだ完成していないので、きょうも続けようと思っています。
こうていひょう かんせい つづ おも

・議事録をまだ書いていないので、書こうと思っています。
ぎじろく か か おも

・コスト計画について課長にまだ話していないので、打ち合わせをし
けいかく かちょう はな う あ
ようと思っています。
おも

2.【〜ように】(36課)

・工程表はあしたには出せるようにします。
こうていひょう だ

・来週には検査を自分でできるようにします。
らいしゅう けんさ じぶん

・報告書が漢字で書けるように頑張ります。
ほうこくしょ かんじ か がんば

予定を確認する
よ てい　　かく にん

確認計畫
Confirming plans

話題・場面 わ だい　ば めん 話題情境 Subject, situation	研修の予定について担当者に確認する けんしゅう　よ てい　　　たんとうしゃ　かくにん 向負責人確認關於培訓的計畫 Sharing the day's plans for training with the persons in charge
タスクの目標 　　　もくひょう 課題目標 Task objectives	わからないことを質問したり、聞いた内容を確認したりする 　　　　　　　　しつもん　　　　　き　　ないよう　かくにん ことができる 可提問不明白的地方，以及確認聽過的內容 To be able to ask questions about things you do not understand and to check the content of what you are told

 ## ウォーミングアップ

レベル3

研修担当者があしたの予定の話をします。
けんしゅうたんとうしゃ　　　　　　　よ てい　　はなし

あなた（ナムさん）　　鈴木さん
　　　　　　　　　　　すず き

1. 研修担当者が言ったことがわかりませんでした。もう一度確認したい
   けんしゅうたんとうしゃ　い　　　　　　　　　　　　　　　　　　　　いち ど かくにん
   とき、どうやって聞きますか。
   　　　　　　　　き

2. 研修担当者が言ったことがわかりました。大切な情報をもう一度確認
   けんしゅうたんとうしゃ　い　　　　　　　　　　　たいせつ　じょうほう　　　　いち ど かくにん
   したいとき、どうやって聞きますか。
   　　　　　　　　　　き

 **語彙リスト**

読み方	漢字	意味
ウォーミングアップ		
1. けんしゅうたんとうしゃ	研修担当者	研修負責人
話すタスク1		
1. たんとうしゃ	担当者	負責人
2. じっしゅう	実習	實習
3. なごや	名古屋	名古屋
4. エンジン		引擎
5. せいぞう	製造	製造
話すタスク2		
1. あいづち		點頭、附和
2. けんしゅうけいかくしょ	研修計画書	研修計畫書
3. いちぶ	一部	部分
4. しどういん	指導員	指導員
5. せいぞうぶ	製造部	製造部
6. しゅくしゃ	宿舎	宿舍
7. けんさ	検査	検査
8. せいかほうこくかいぎ	成果報告会議	成果匯報會議
9. ぎじゅつぶ	技術部	技術部
10. いんさつ	印刷	印刷

会話練習
かい わ れんしゅう

1.	ぎもんてんについて しつもんする	疑問点について 質問する	針對疑問處提問
2.	さぎょうけいかくしょ	作業計画書	作業企劃書
3.	けんしゅうよていひょう	研修予定表	研修預定表
4.	ないよう	内容	內容
5.	けんさひょう	検査表	檢查表
6.	チェックしますⅢ		確認

便利な表現
べんり ひょうげん

1.	ぶひん	部品	零件
2.	かこうします	加工しますⅢ	加工
3.	みつもりしょ	見積書	報價單
4.	かきなおします	書き直しますⅠ	重寫

7

 話すタスク１
はな

レベル３

１．わからなかったことばを聞きましょう。
き

例　🔊12
れい

> あしたは8時半に事務所へ来てください。
> 　　　　 じはん　じむしょ　 き

鈴木さん
すずき

ナムさん

> １）あのう、すみません。時間をもう一度
> 　　　　　　　　　　　　　じかん　　　いちど
> 　　お願いできますか。
> 　　ねが
> ２）あのう、すみません。時間は8時半で
> 　　　　　　　　　　　　　じかん　　じはん
> 　　よろしいでしょうか。

①～⑤を聞いて、例のようにわからなかったことを聞きましょう。
　　　き　　れい　　　　　　　　　　　　　　　　　　き

①🔊13　②🔊14　③🔊15　④🔊16　⑤🔊17

２．大切な情報をもう一度確認しましょう。
たいせつ　じょうほう　　いちど かくにん

例　🔊18
れい

> あしたは8時半に事務所へ来てください。
> 　　　　 じはん　じむしょ　 き

鈴木さん
すずき

> 8時半に事務所ですね。わかりました。
> じはん　じむしょ

ナムさん

①～⑤を聞いて、例のように確認しましょう。
　　　き　　れい　　　　かくにん

①🔊19　②🔊20　③🔊21　④🔊22　⑤🔊23

話すタスク2
はな

レベル3

1. 研修担当者の話を聞きます。どの「あいづち」がいいですか。
けんしゅうたんとうしゃ　はなし　き

いい「あいづち」に○、よくない「あいづち」に×を書きましょう。
か

🔊24

① (　　　　) ② (　　　　) ③ (　　　　)

④ (　　　　) ⑤ (　　　　) ⑥ (　　　　)

⑦ (　　　　)

2. 研修担当者があなたに研修計画書を見せます。それから予定を話します。
けんしゅうたんとうしゃ　　　けんしゅうけいかくしょ　み　　　　　　　よてい　はな

しかし、書類の一部がわかりません。どうしますか。
しょるい　いちぶ

9月～10月 がつ　　がつ	例 れい 衣坦　実習 じっしゅう	研修場所：名古屋工場 けんしゅう ば しょ　な ご や こうじょう 指　導　員：伏木 [製造部] し　どう　いん　ふしき　せいぞう ぶ　　① 宿　　舎：寮 しゅく　しゃ　りょう
11月～3月 がつ　　がつ	② 枳旦　実習 じっしゅう 成果報告会議 せい か ほうこくかい ぎ	研修場所：名古屋工場、東京工場 けんしゅう ば しょ　な ご や こうじょう　とうきょうこうじょう 指　導　員：中村 [技術部] し　どう　いん　なかむら　ぎ じゅつ ぶ 宿　　舎：名古屋…寮 しゅく　しゃ　な ご や　りょう　　③ 東京…ホテル とうきょう

例　🔊25
れい

ナムさん

> すみません。9月から10月は何の実習ですか。
> がつ　　　　がつ　なん　じっしゅう
> ちょっと印刷が見えなくて……。
> いんさつ　み

上の①～③について、例のように、わからないことを聞きましょう。
れい　　　　　　　　　　　き

ナムさん

> すみません。_____か。
> ちょっと_____が_____……。

7

 **会話練習**
かい わ れんしゅう

レベル3

1. 疑問点について質問する　　　　　　　　　　➡【疑問詞＋か】（40課）
　　ぎ もんてん　　　　　しつもん　　　　　　　　　　　　　　　　　　　ぎ もん し

A：すみません、これは①作業計画書なんですが、1) ①研修予定表
　　　　　　　　　　　　さ ぎょうけいかくしょ　　　　　　　　　　けんしゅう よ ていひょう

　　私はまだ漢字がよくわからなくて……。　　　②どんな内容ですか
　　わたし　　　かん じ　　　　　　　　　　　　　　　　　　　　　　　　　　ないよう

　　②この漢字は何と読むか、教えて　　　　2) ①検査表
　　　　かん じ　　なん　よ　　　　　おし　　　　　　　　けん さ ひょう

　　いただけませんか。　　　　　　　　　　　②どこにチェックし

B：いいですよ。　　　　　　　　　　　　　　　　ますか

 **便利な表現**
べん り　　ひょうげん

レベル3

1.【これでいいですか】（34課）

・部品を加工しましたが、これでいいですか。
　ぶ ひん　か こう

・見積書を書き直したんですが、これでいいですか。
　みつもりしょ　か　なお

50

使い方について 質問する
つか かた
しつ もん

話題・場面 わだい ばめん 話題情境 Subject, situation	質問して、わからないことを解決する しつもん かいけつ 進行提問，解決不明白的地方 Asking questions and resolving things you do not understand
タスクの目標 もくひょう 課題目標 Task objectives	自分の質問の意図を明確に伝えたり、わからないことをもう じぶん しつもん いと めいかく つた 一度質問したりすることができる いちど しつもん 可明確地傳達自己提問的意圖，再次提問不明白的地方 To be able to communicate clearly the intent of your own questions and to ask further questions on things you do not understand

 ## ウォーミングアップ

レベル3 ▶08 ▶09

あなたはサリさんです。サリさんになったと思って、動画を見ましょう。
おも どうが み

1. サリさんは、何がわかりませんか。
   なに

2. サリさんは、どうしたらいいですか。

語彙リスト

読み方	漢字	意味
ウォーミングアップ		
1. そうふう	送風	送風
2. こうします Ⅲ		這樣做
3. りょうめんコピー	両面コピー	雙面影印
cf. かためんコピー	片面コピー	單面影印
話すタスク1		
1. にほんごにゅうりょく	日本語入力	日語輸入
2. プロジェクター		投影機
話すタスク2		
1. しろくろ	白黒	黑白
2. カラーコピー		彩色影印
3. れいぼう	冷房	冷氣
話すタスク3		
1. にっぽう	日報	毎日報告
2. ファイル		文件
3. フォルダ		文件夾、資料夾
4. しゅうほう	週報	毎週報告
5. デスクトップじょう	デスクトップ上	電腦桌面上
6. コピーようし	コピー用紙	影印紙
7. プリンター		影印機
8. トナー		墨粉
9. キャビネット		文件櫃

会話練習
_{かい わ れんしゅう}

1. ていねいにたのむ   丁寧に頼む   禮貌的委託

2. ほうこくしょ   報告書   報告書

3. ずめん   図面   圖紙

4. たすけをもとめる   助けを求める   請求幫助

8

レベル3

イラストを見ながら練習をしましょう。
み　　　　　　　　れんしゅう

例　A：すみません。①コピーはどうやって②するんですか。
れい

　　B：これをこうして、こうします。

　　A：はい。やり方を覚えたいので、わたしがもう一度②してみても
かた　おぼ　　　　　　　　　　　　　　いちど
　　　いいですか。

　　B：どうぞ。

例　①コピー　②します
れい

1.　①両面コピー　②します
りょうめん

2.　①日本語入力　②します
にほんごにゅうりょく

3.　①プロジェクター　②つけます

話すタスク2

レベル3

イラストを見ながら練習をしましょう。

例　A：すみません。①コピーはどうやって②するんですか。

　　B：簡単ですよ。これをこうして、こうするだけです。

　　A：あのう……すみません。③これじゃなくて……

　　　　④両面コピーがしたいんですが……。

　　B：あ、そうでしたか。すみません。

　　A：いいえ。

例　①コピー　②します　③これ　④両面コピーがしたい

1.　①両面コピー　②します　③白黒　④カラーコピーがしたい

2.　①エアコン　②つけます　③送風　④冷房にしたい

3.　①入力　②します　③英語　④日本語入力にしたい

8

55

 話すタスク３
はな

イラストを見ながら練習をしましょう。
み　　　　　　　　　　れんしゅう

例　A：すみません。①日報のファイルがどこにあるか、教えていただけ
れい　　　　　　　　　にっぽう　　　　　　　　　　　　　　　　　　　　　　おし
　　　ませんか。

　　B：①日報のファイルは……ここです。
　　　　にっぽう

　　A：ありがとうございます。……あのう……この②フォルダの中の
　　　　　　　　　　　　　　　　　　　　　　　　　　　　　　　　なか
　　　……これですか。

　　B：はい、そうです。

例　①日報のファイル　②フォルダの中の
れい　にっぽう　　　　　　　　　　なか

1.　①週報のファイル　②デスクトップ上の
　　しゅうほう　　　　　　　　　　じょう

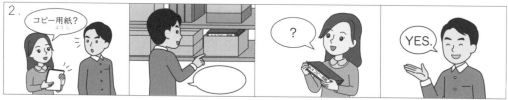

2.　①コピー用紙　②箱の中の
　　　　　ようし　　　はこ　なか

3.　①プリンターのトナー　②キャビネットの中の
　　　　　　　　　　　　　　　　　　　　　　なか

会話練習
かいわれんしゅう

レベル3

1. 丁寧に頼む
   ていねい　たの

A：あのう、すみません。

B：はい、何ですか。
　　　　　なん

A：①コピー機の使い方がわからないんですが、
　　　　き　つか　かた
　　②教えていただけませんか。
　　　おし

B：いいですよ。

A：ありがとうございます。

→【〜んですが、〜ていただけませんか】（26課）

1）①報告書を書きました
　　　ほうこくしょ　か
　　②ちょっと見ます
　　　　　　　　み

2）①図面をかきました
　　　ずめん
　　②確認します
　　　かくにん

2. 助けを求める
   たす　もと

A：①コピーの字がちょっと薄いんですが、
　　　　　　じ　　　　　うす
　　どうすればいいですか。
　　やってみたんですが、②できないんです。

B：ああ、このボタンを押せば、できますよ。
　　　　　　　　　　　　お

A：わかりました。ありがとうございます。

→【〜んですが、どうすればいいですか】（35課）

1）①サイズを変えたい
　　　　　　か
　　です
　　②変えられません
　　　か

2）①ホッチキスで資料を
　　　　　　　　しりょう
　　まとめたいです
　　②できません

3）①字を大きくしたい
　　　じ　おお
　　です
　　②大きくなりません
　　　おお

8

57

便利な表現

1. 【〜んですが、〜ていただけませんか】（26課）

・操作がわからないんですが、教えていただけませんか。

・サイズを変えたいんですが、どのボタンを押すか、教えていただけませんか。

・A3をA4にしたいんですが、どうやってやるか、見せていただけませんか。

2. 【〜んですが、どうすればいいですか】（35課）

・A3をA4にしたいんですが、どうすればいいですか。

・字を大きくしたいんですが、どうすればいいですか。

・色を濃くしたいんですが、どうすればいいですか。

体調不良を伝える
たい ちょう ふ りょう　　つた

告知身體不舒服
Communicating when you do not feel well

話題・場面 わ だい　ば めん	担当者に体調不良やけがの様子を伝える たんとうしゃ　たいちょうふりょう　　　ようす　つた
話題情境 Subject, situation	告知負責人身體不舒服或受傷的情況 Telling the persons in charge how you are unwell or injured
タスクの目標 　　　　　もくひょう	体調不良やけがの様子を伝えることができる たいちょうふりょう　　　　ようす　つた
課題目標 Task objectives	可以告知身體不舒服和受傷的情況 To be able to communicate how you are unwell or injured

 ウォーミングアップ

レベル3

1. 日本語で何と言いますか。
にほんご　なん　い

① (　　　　) が痛いです
いた

② (　　　　) が痛いです
いた

③ (　　　　) が痛いです
いた

④ (　　　　) が悪いです
わる

⑤ (　　　　) をしました

⑥ (　　　　) をしました

⑦ (　　　　) をひきました

⑧ (　　　　) があります

⑨ (　　　　) が出ます
て

2. 体調が悪いとき、どうやって指導員や上司に伝えますか。
たいちょう　わる　　　　　　　　　　　しどういん　じょうし　つた

**語彙リスト**

読み方	漢字	意味
ウォーミングアップ		
1. たいちょう	体調	身體狀況
2. しどういん	指導員	指導員
3. じょうし	上司	上司
聞きましょう[場面1]		
1. ～ど	～度	～度
2. うちあわせ	打ち合わせ	會議、會前會
聞きましょう[場面2]		
1. さぎょう	作業	作業
2. （くすりを）つけます	（薬を）つけますⅡ	擦（藥）
3. きゅうきゅうばこ	救急箱	急救箱
4. りゆう	理由	理由
5. ほうこくしょ	報告書	報告書
話すタスク		
1. けんしゅうさき	研修先	研修單位
2. しょくば	職場	職場、工作崗位
3. ようせつさぎょう	溶接作業	焊接作業
4. せいひん	製品	產品
5. てあてします	手当てしますⅢ	處理
6. きかい	機械	機器
7. メンテナンスをしますⅢ		保養

1. びょうきやけがの
   たいしょほうを
   アドバイスする

   病気やけがの
   対処法を
   アドバイスする

   建議病症或受傷的
   處理方法

2. たいちょうふりょうの
   げんいんについて
   すいそくする

   体調不良の
   原因について
   推測する

   推測身體不適的原因

9

聞きましょう

［場面１］ 🔊26

1. ナムさんは体の調子が悪いです。

   どのように悪いですか。

- -

2. 正しいものに○、正しくないものに×を書きましょう。

①ナムさんはけさからのどが痛いです。　　　　　　　　　　　（　　　）

②ナムさんは午後の打ち合わせに出ません。　　　　　　　　（　　　）

［場面２］ 🔊27

1. ナムさんはけがをしました。どんなけがですか。

- -

2. 正しいものに○、正しくないものに×を書きましょう。

①ナムさんは斉藤さんに薬を買ってもらいました。　　　　　（　　　）

②ナムさんは、どうしてやけどをしてしまったか報告書を書かなければな

　りません。　　　　　　　　　　　　　　　　　　　　　　（　　　）

話すタスク
はな

レベル3

1. あなたが研修先や職場で体調が悪かったら、どう話しますか。
   けんしゅうさき しょくば たいちょう わる はな

   下の例を見て、あなたならどんな体調不良になるか、考えてみましょう。
   した れい み たいちょう ふ りょう かんが

例
れい

a. b. c. d.

体調不良について伝えましょう。
たいちょう ふ りょう つた

ナムさん   ①

はい、どうしましたか。

斉藤さん
さいとう

ナムさん   ②

2. あなたが研修先や職場でけがをしたら、どう話しますか。

下の例を見て、あなたならどんなけがをするか、考えてみましょう。

例

けがについて伝えましょう。

 **会話練習**
かいわれんしゅう

レベル3

1. 病気やけがの対処法をアドバイスする
   びょうき　　　　　　たいしょほう

A：どうしたんですか。

B：①やけどをしたんです。

A：じゃ、②すぐ冷やしたほうがいいですよ。
　　　　　　　　ひ

B：ええ、そうします。

➡【～ほうがいいです】(32課)

1) ①けがをしました

　　②薬をつけます
　　　くすり

2) ①体の調子がよく
　　　からだ　ちょうし

　　　ないです

　　②無理をしません
　　　むり

2. 体調不良の原因について推測する
   たいちょうふりょう　げんいん　　すいそく

A：きのうから①せきが出るんです。
　　　　　　　　　　て

B：②かぜかもしれませんね。

　　一度病院で診てもらったほうがいいですよ。
　　いちどびょういん　み

A：ええ、そうですね。

➡【～かもしれません】(32課)

1) ①頭や胃が痛いです
　　　あたま　い　いた

　　②ストレス

2) ①熱があります
　　　ねつ

　　②インフルエンザ

9

便利な表現
べんり　ひょうげん

レベル3

1. 【～てしまいました】（29 課）

   ・かぜをひいてしまいました。

   ・やけどをしてしまいました。

   ・足にけがをしてしまいました。
   　あし

2. 【～かもしれません】（32 課）

   ・インフルエンザかもしれません。

   ・あしたも会社を休むかもしれません。
   　　　　　　かいしゃ　やす

   ・今も熱がありますから、あした出張に行けないかもしれません。
   　いま　ねつ　　　　　　　　　　　しゅっちょう　い

3. 【～ほうがいいです】（32 課）

   ・熱があるんですか。家で休んだほうがいいですよ。
   　ねつ　　　　　　　いえ　やす

   ・体の調子が悪いんですか。あまり無理をしないほうがいいですね。
   　からだ　ちょうし　わる　　　　　　　　　　　　　　むり

   ・熱が 39 度もあるんですか。すぐ病院へ行ったほうがいいです。
   　ねつ　　　ど　　　　　　　　　びょういん　い

66

遅刻の連絡をする
ち こく れん らく

進行遅到的聯絡
Communicating when you will be late

話題・場面 わだい ばめん	出勤時、交通機関の遅延による遅刻を電話で連絡する しゅっきんじ こうつうきかん ちえん ちこく でんわ れんらく
話題情境 Subject, situation	上班時，用電話聯絡因為交通工具的延誤造成的遲到 Communicating by telephone when you will be late for work due to a public-transportation delay
タスクの目標 もくひょう	指導員や上司に遅刻の連絡をすることができる しどういん じょうし ちこく れんらく
課題目標 Task objectives	可向指導員或上司進行遲到的聯絡 To be able to notify the instructor or a superior when you will be late

 ## ウォーミングアップ

レベル3

1. 会社に遅刻しそうなとき、だれに連絡しますか。
   かいしゃ ちこく れんらく

2. どんな方法で連絡しますか。
   ほうほう れんらく

3. 何と言いますか。
   なん い

 **語彙リスト**

読み方	漢字	意味
ウォーミングアップ		
1. ちこくします	遅刻しますⅢ	遲到
聞きましょう		
1. かいはつぶ	開発部	開發部
2. かいはつか	開発課	開發科
3. おでんわかわりました。	お電話代わりました。	換人接聽電話了
4. トラブル		問題、故障
話すタスク		
1. ちえん	遅延	延誤
2. バスてい	バス停	公車站
3. じゅうたい	渋滞	壅塞、塞車
4. (じてんしゃの) パンク	(自転車の) パンク	(自行車) 爆胎
会話練習		
1. ちこくのれんらくをする	遅刻の連絡をする	遲到的聯絡
2. じんしんじこ	人身事故	電車交通事故
便利な表現		
1. けんしゅう	研修	研修
2. ちょうれい	朝礼	早會
3. うちあわせ	打ち合わせ	會議、會前會
4. ミーティング		會議

レベル3 ▶ 10

サリさんが朝、駅から会社に電話をかけました。
あさ えき かいしゃ でんわ

1. 正しいものに○、正しくないものに×を書きましょう。
   ただ ただ か

① サリさんは山下さんと話してから、森田課長と話しました。（　　　　）
   やました はな もりた かちょう はな

② サリさんは、9時に会社に着く予定です。　　　　　　　　　（　　　　）
   じ かいしゃ つ よてい

③ サリさんは、気分が悪いので、会社に着くのが遅れます。　　（　　　　）
   きぶん わる かいしゃ つ おく

2. サリさんは森田課長に何と言いましたか。（　　　　）にことばを書き
   もりた かちょう なん い か
   ましょう。

   ┌───┐
   │ 申し訳ありません。（①　　　　　　　　　　　　　） んですが、│
   │ もう わけ   │
   │ （②　　　　　　　　　　　　　　　　　　） で遅れてしまって、│
   │   おく   │
   │ （③　　　　　　　　　　　　　　　　　　　　　） なんです。 │
   └───┘

10

 話すタスク
はな

レベル3

自分の名前や会社名で、遅刻の連絡をしましょう。
じ ぶん　なまえ　かいしゃめい　　　　ち こく　れんらく

下の例を見て、あなたならどんな遅刻の理由があるか、考えてみましょう。
した　れい　み　　　　　　　　　　　　　　ち こく　り ゆう　　　　　　かんが

例
れい

a. 　　　b. 　　　c. 　　　d.

遅刻の連絡をしましょう。
ち こく　れんらく

①はい、＿＿＿＿＿＿＿＿＿＿＿＿でございます。

山下さん
やました

サリさん

②おはようございます。＿＿＿＿＿です。
＿＿＿＿＿＿をお願いします。
ねが

はい、少々お待ちください。
しょうしょう　　ま

山下さん
やました

③お電話代わりました。＿＿＿＿＿＿です。
てん わ　か

森田課長
もりた　か ちょう

サリさん

④＿＿＿＿＿＿です。おはようございます。
申し訳ありません。
もう　わけ

そうですか。わかりました。

森田課長
もりた かちょう

申し訳ありませんが、よろしくお願いします。
もう わけ   ねが
失礼します。
しつれい

サリさん

会話練習
かい わ れんしゅう

レベル3

1. 遅刻の連絡をする　　　　　　➡【〜て／て（理由）】（39 課）【〜そうです】（43 課）
　　ちこく　れんらく　　　　　　　　　　　　　　　　りゅう

A：おはようございます。Aです。

B：おはようございます。どうしたんですか。

A：いま、家の近くの駅にいるんですが、
　　　　　いえ　ちか　えき

　　①人身事故か何かで、②電車が遅れています。
　　　じんしんじこ　なに　　　てんしゃ　おく

　　会社に③10分ぐらい遅刻しそうです。
　　かいしゃ　　　ぶん　　　ちこく

B：そうですか。わかりました。

A：すみませんが、よろしくお願いします。
　　　　　　　　　　　　　　ねが

1）①人身事故
　　　じんしんじこ

　　②電車がなかなか
　　　てんしゃ

　　　来ません
　　　き

　　③30分ぐらい
　　　　ぶん

2）①渋滞
　　　じゅうたい

　　②バスがなかなか

　　　来ません
　　　き

　　③30分以上
　　　　ぶんいじょう

10

71

便利な表現

べんり　ひょうげん

レベル3

1.【〜て／で（理由）】（39課）
りゆう

・電車の遅延で、会議に遅れます。
てんしゃ　ちえん　　かいぎ　おく

・事故で、電車が30分ぐらい遅れそうです。
じこ　　てんしゃ　　ぶん　　　　おく

・渋滞で、遅れてしまいました。
じゅうたい　おく

・道が込んでいて、遅くなってしまいました。
みち　こ　　　　　　おそ

・バイクが故障して、遅くなってしまいました。
こしょう　　　　おそ

2.【〜そうです】（43課）

・今電車が止まっていて、10時の研修に遅れそうです。
いまてんしゃ　と　　　　　　　　　じ　けんしゅう　おく

・きょうは道がとても込んでいて、朝礼に遅刻しそうです。
みち　　　こ　　　　　　ちょうれい　ちこく

・車が故障して、会社に行くのが10時ごろになりそうです。
くるま　こしょう　　かいしゃ　い　　　　じ

・打ち合わせが長くなってしまって、会社に戻るのが15時ごろになり
う　あ　　　なが　　　　　　　　　かいしゃ　もど　　　　　じ
そうです。

3.【〜と伝えていただけませんか】（33課）
つた

・会議に10分ほど遅れると伝えていただけませんか。
かいぎ　　ぶん　　おく　　つた

・電車が遅れていて、9時からの会議に少し遅れると伝えていただけま
てんしゃ　おく　　　　　じ　　　　かいぎ　すこ　おく　　つた
せんか。

・道が込んでいて、ミーティングに間に合わないかもしれないと伝えて
みち　こ　　　　　　　　　　　　　ま　あ　　　　　　　　　つた
いただけませんか。

ユニット 11 問題発生を報告する
もんだい はっせい ほうこく

話題・場面 わだい ばめん	業務で発生した問題について指導員に報告する ぎょうむ はっせい もんだい しどういん ほうこく
話題情境 Subject, situation	向指導員報告關於在工作中發生的問題 Reporting problems that have arisen on the job to the instructor
タスクの目標 もくひょう	問題が発生した場合、速やかに簡潔に報告することができる もんだい はっせい ばあい すみ かんけつ ほうこく
課題目標 Task objectives	發生問題時，可以迅速簡潔地報告 To be able to report any problems quickly and concisely

 ## ウォーミングアップ

レベル3

あなたは製造工場で研修をしています。
せいぞうこうじょう けんしゅう

工場の人が発注した部品と違うものが届きました。こんなとき、どうしま
こうじょう ひと はっちゅう ぶひん ちが とど

すか。

語彙リスト

読み方	漢字	意味
ウォーミングアップ		
1. せいぞうこうじょう	製造工場	製造工廠
2. けんしゅうをします	研修をしますⅢ	研修
3. はっちゅうします	発注しますⅢ	下單
4. ぶひん	部品	零件
聞きましょう1		
1. はっちゅうミス	発注ミス	下單錯誤
2. ～みたいです		好像～
3. とりあえず		先、暫且先
話すタスク1		
1. ミス		錯誤
2. にゅうりょくミス	入力ミス	輸入錯誤
3. しゅっかミス	出荷ミス	出貨錯誤
4. けんすうミス	検数ミス	驗數錯誤
5. かくにんミス	確認ミス	確認錯誤
6. けんしゅうさき	研修先	研修單位
7. しょくば	職場	職場、工作崗位
8. のうひんしょ	納品書	交貨單
9. セットミス		安裝錯誤
10. セットしますⅢ		安裝
11. かこうミス	加工ミス	加工錯誤
12. かこう	加工	加工
13. しゅるい	種類	種類

聞きましょう２
<ruby>聞<rt>き</rt></ruby>

1.	にゅうかします	入荷しますⅢ	進貨
2.	それで		所以、因此
3.	だいしゃ	台車	手推車

話すタスク２
<ruby>話<rt>はな</rt></ruby>

1.	のうひん	納品	交貨
2.	しゅっかします	出荷しますⅢ	出貨

会話練習
<ruby>会<rt>かい</rt></ruby><ruby>話<rt>わ</rt></ruby><ruby>練習<rt>れんしゅう</rt></ruby>

1.	トラブルをほうこくする	トラブルを報告する	報告問題
2.	けんぴんをします	検品をしますⅢ	驗貨
3.	みおとしをします	見落としをします	看漏
4.	なやみをそうだんする	悩みを相談する	諮詢煩惱

便利な表現
<ruby>便<rt>べん</rt></ruby><ruby>利<rt>り</rt></ruby> <ruby>表現<rt>ひょうげん</rt></ruby>

1.	たんとうしゃ	担当者	負責人

😊 聞きましょう1
き

レベル3 🔊 28

ナムさんと斉藤さんが話しています。ナムさんは何と言いましたか。
　　　　　　さいとう　　　　　　はな　　　　　　　　　　　　　　　　　　なん　　い

（　　　　）にことばを書きましょう。
　　　　　　　　　　　　　か

斉藤さん、すみません！　（①　　　　　　　　　　　　　　　　　）。
さいとう

（②　　　　　　　　　　　　　）があったみたいです。

（③　　　　　　　　　　　　　　　　）が違います。
　　　　　　　　　　　　　　　　　　　　　　　　ちが

たぶん、（④　　　　　　　　　　　　）だと思います。
　　　　　　　　　　　　　　　　　　　　　　おも

どうすれば（⑤　　　　　　　　　　　　　）。

 話す**タスク**1
はな

レベル3

1. こんなミスを発見したことがありますか。
　　　　　　　　　　はっけん

| 発注ミス | 入力ミス | 出荷ミス | 検数ミス | 確認ミス |
| はっちゅう | にゅうりょく | しゅっか | けんすう | かくにん |

2. あなたの研修先や職場では、ほかにどんなミスがありますか。
　　　　　　けんしゅうさき　しょくば

3. 問題発生を報告しましょう。
　　もんだいはっせい　ほうこく

ナムさん　①

はい。どうしたんですか。　斉藤さん
　　　　　　　　　　　　　　さいとう

ナムさん　②

えぇ……?　斉藤さん
　　　　　　さいとう

ナムさん　③

とりあえず、もう一度確認してください。　斉藤さん
　　　　　　　いちど　かくにん　　　　　　　さいとう

はい。わかりました。　斉藤さん
　　　　　　　　　　　　さいとう

ナムさん

レベル3　🔊29

ナムさんと斉藤さんが話しています。ナムさんは何と言いましたか。
　　さいとう　　　　　　　　　　　　はな　　　　　　　　　　　　　なん　い
（　　　　）にことばを書きましょう。
　　　　　　　　　　　　　か

あのう、実は……きょう入荷した（①　　　　　　　　）を落としてしま
　　　　じつ　　　　　　　にゅうか　　　　　　　　　　　　　　　　　お
いました。

きょうの部品は（②　　　　　　　　　）ので、（③　　　　　　　）で運ん
　　　　ぶひん　　　　　　　　　　　　　　　　　　　　　　　　　　はこ
でもいいと思ったんです。
　　　　　おも
（④　　　　　　　　　）……落としてしまいました。
　　　　　　　　　　　お

話すタスク2
はな

レベル3

1. あなたもナムさんのようにミスをしたことがありますか。そのときの
ミスの原因は何ですか。
げんいん　なん

ミスの種類 しゅるい	原因 げんいん
部品の箱を落とした ぶ ひん　はこ　お	軽かったので、手で運んでもいいと思ったから。 かる　　　　　て　はこ　　　　　おも

2. 問題発生を報告しましょう。
もんだいはっせい　ほうこく

ナムさん　①

はい。どうしたんですか。　斉藤さん
さいとう

ナムさん　②

え？　どうして？　斉藤さん
さいとう

ナムさん　③

え？　だめですよ。　斉藤さん
さいとう

ナムさん　ほんとうにすみません。

会話練習
かいわれんしゅう

1. トラブルを報告する　　　　　➡【～とき】(23課)【～てしまいました】(29課)
　　　ほうこく

A：課長、すみません。　　　　　　　1）①検品をします
　　かちょう　　　　　　　　　　　　　　　　けんぴん

B：はい。　　　　　　　　　　　　　　　②見落としをします
　　　　　　　　　　　　　　　　　　　　　　みお

A：すみません。さっき①製品を運んでいたとき、　2）①製品を出荷します
　　　　　　　　　　　　せいひん　はこ　　　　　　　せいひん　しゅっか

　　②落としてしまったんです。　　　　　②ミスをします
　　　お

B：え！

2. 悩みを相談する　　　　　　➡【～について】(21課)【～て／で(理由)】(39課)
　　　なや　そうだん　　　　　　　　　　　　　　　　　　　　　りゆう

A：あのう、実は……①池田さんについて　　1）①林さん
　　　　　　　じつ　　いけだ　　　　　　　　　はやし

　　お話があるんですが……。　　　　　　②林さんはわたしだけに
　　　はなし　　　　　　　　　　　　　　　　はやし

　　②池田さんの話し方はちょっと難しくて……　厳しいです
　　　いけだ　　はな　かた　　　　むずか　　　　きび

　　どうしたらいいでしょうか。　　　　2）①森さん
　　　　　　　　　　　　　　　　　　　　　もり

B：そうだったんですか……。　　　　　　②森さんに毎日「飲みに
　　　　　　　　　　　　　　　　　　　　　もり　まいにち　の

　　　　　　　　　　　　　　　　　　　　行こう」と言われて
　　　　　　　　　　　　　　　　　　　い　　　　　い

　　　　　　　　　　　　　　　　　　　います

　　　　　　　　　　　　　　　　　　3）①田中さん
　　　　　　　　　　　　　　　　　　　　　たなか

　　　　　　　　　　　　　　　　　　　②田中さんがあまり仕事
　　　　　　　　　　　　　　　　　　　　　たなか　　　　　　しごと

　　　　　　　　　　　　　　　　　　　を教えてくれません
　　　　　　　　　　　　　　　　　　　　おし

レベル3

1.【～てみます】（40課）

・使い方がわからないので、小川さんに聞いてみます。
　つか　かた　　　　　　　　　　　　おがわ　　　き

・この問題について、課長に相談してみます。
　　もんだい　　　　かちょう　そうだん

2.【～ほうがいいです】（32課）

・課長に相談したほうがいいです。
　かちょう　そうだん

・すぐ小川さんに連絡したほうがいいです。
　　　おがわ　　　れんらく

・担当者に聞いたほうがいいです。
　たんとうしゃ　き

ユニット 12	困っていることを 相談する <small>こま　　　　　　　　そう だん</small>	諮詢困擾的事情 Consulting when faced with difficulties

話題・場面 <small>わ だい　　　ば めん</small> 話題情境 Subject, situation	困っていることについて指導員に相談する <small>こま　　　　　　　　　　　　　　し どういん　　そうだん</small> 向指導員諮詢關於困擾的事情 Consulting with the persons in charge of training on difficulties
タスクの目標 <small>　　　　　　もくひょう</small> 課題目標 Task objectives	困っている内容について具体的に説明して相談することがで <small>こま　　　　　　ないよう　　　　　　　ぐ たいてき　　せつめい　　　そうだん</small> きる 可具體地説明並諮詢關於困擾的內容 To be able to explain in practical terms and consult on any difficulties

 ## ウォーミングアップ

レベル3

1．研修先や職場で困ったことがありますか。
<small>けんしゅうさき　しょく ば　こま</small>

2．だれに相談しますか。
<small>　　　　そう だん</small>

3．どうやって相談しますか。
<small>　　　　　　　そうだん</small>

語彙リスト

読み方	漢字	意味
ウォーミングアップ		
1. けんしゅうさき	研修先	研修單位
2. しょくば	職場	職場、工作崗位
聞きましょう		
1. しどういん	指導員	指導員
2. さぎょう	作業	作業
3. どんどん		不斷地、不停地
4. けんしゅうせい	研修生	研修生
5. ていねいな	丁寧な	仔細的
話すタスク		
1. こうせい	構成	構成
2. ないよう	内容	内容
3. まえおき	前置き	開場白、預先講解
4. バグ		缺陷
5. のうき	納期	交貨期、交付期限

会話練習
かいわれんしゅう

1.	まえおきをしながら	前置きをしながら	一邊預先講解
	じょうきょうをつたえる	状況を伝える	一邊傳達狀況
2.	ほうこくしょ	報告書	報告書
3.	かいけつほうほうをたずねる	解決方法を尋ねる	尋求解決方法
4.	ふりょうひん	不良品	瑕疵品
5.	サンプル		樣本、範本
6.	きかい	機械	機器
7.	ぎじろく	議事録	會議記錄
8.	ぎょうむ	業務	業務
9.	けんさ	検査	檢查
10.	チェックリスト		確認表
11.	せいぞうか	製造課	製造科

便利な表現
べんりひょうげん

1.	ごほうこくしたいこと	ご報告したいこと	想要報告的事

12

85

🔊 聞きましょう
_き

レベル3 🔊30

ナムさんが指導員の斉藤さんと話しています。
_し_{どういん} _{さいとう} _{はな}

正しいものに○、正しくないものに×を書きましょう。
_{ただ} _{ただ} _か

①斉藤さんはナムさんに作業の相談をしました。　　　（　　　）
_{さいとう} _{さぎょう} _{そうだん}

②ナムさんは１日の作業が終わらなくて、困っています。（　　　）
_{にち} _{さぎょう} _お _{こま}

③ナムさんだけ作業の量が多いです。　　　　　　　　（　　　）
_{さぎょう} _{りょう} _{おお}

④ナムさんは作業のしかたがとても丁寧です。　　　　（　　　）
_{さぎょう} _{ていねい}

💬 話すタスク
_{はな}

レベル3

１．あなたが困っていることは、何ですか。
_{こま} _{なん}

2. あなたが困っていることを、指導員に相談しましょう。

例
あのう……わたしのやり方がよくないのかもしれませんが……

作業がなかなか終わらなくて……。

残業はできませんから、きょうできなかったことを次の日にしな

ければなりません。

でも、次の日はほかの作業もしなければなりませんよね。

ですから、どんどん作業が多くなるんです。

どうすればいいでしょうか。

構成	内容
①前置き	あのう……わたしのやり方がよくないのかもしれませんが…… _____。
②説明 1	_____から、 _____。
③説明 2	でも、_____。 ですから、_____。
④相談	どうすればいいでしょうか。

会話練習
かいわれんしゅう

レベル3

1. 前置きをしながら状況を伝える
   まえお　　　　　　　じょうきょう　つた

→【〜かもしれません】（32課）

【〜なくて（理由）】（39課）
　　　　　　りゆう

A：あのう、ちょっとご相談してもいいですか。
　　　　　　　　　　　　そうだん

B：もちろんですよ。ここで話しますか。
　　　　　　　　　　　　　はな

A：はい、ここで大丈夫です。
　　　　　　　　だいじょうぶ

　　あのう……実は、①わたしのやり方がよくない
　　　　　　　じつ　　　　　　　　　　　　かた

　　のかもしれませんが……

　　②作業がなかなか終わらなくて……。
　　　さぎょう　　　　　　　お

1) ①わたしのやり方が
　　　　　　　　　かた

　　　よくないです

　②報告書が
　　ほうこくしょ

　　　うまく書けません
　　　　　　か

2) ①わたしのやり方に
　　　　　　　　　かた

　　　問題があります
　　　もんだい

　②時間までに
　　じかん

　　　作業が終わりません
　　　さぎょう　お

2. 解決方法を尋ねる
   かいけつほうほう　たず

→【疑問詞＋〜ば、いいですか】（35課）
　　ぎもんし

A：あのう、①不良品のサンプル写真を見たいん
　　　　　　　ふりょうひん　　　　　　しゃしん　み

　　ですが、②どこを探せばいいですか。
　　　　　　　　　　さが

B：③機械の近くの壁にはってあると思いますよ。
　　　きかい　ちか　　かべ　　　　　　　　おも

A：そうですか。ありがとうございます。

1) ①前の会議の議事録を
　　　まえ　かいぎ　ぎじろく

　　　見たいです
　　　み

　②どの棚を探します
　　　たな　さが

　③「業務」の棚にあり
　　　ぎょうむ　たな

　　　ます

2) ①検査のチェックリスト
　　　けんさ

　　　を探しています
　　　　さが

　②だれに聞きます
　　　　　き

　③製造課の山田さんが
　　　せいぞうか　やまだ

　　　知っています
　　　し

 **便利な表現**
べんり　ひょうげん

レベル3

1. 【〜んですが、〜ていただけませんか】（26課）

・ご相談したいことがあるんですが、少しお時間を取っていただけま
　そうだん　　　　　　　　　　　　　　　　　　すこ　　じかん　と
せんか。

・聞きたいことがあるんですが、この資料を見ていただけませんか。
　き　　　　　　　　　　　　　　　　　しりょう　み

・ちょっとご報告したいことがあるんですが、事務所まで来ていただけ
　　　　　　ほうこく　　　　　　　　　　　　　　　じむしょ　　き
ませんか。

12

ユニット **13**	**連絡事項を伝言する** れん らく じ こう でん ごん 傳達聯絡事項 Communicating messages

話題・場面 わ だい ば めん	急な伝言を頼まれ、ほかの人に伝える きゅう でん ごん たの ひと つた
話題情境 Subject, situation	突然被委託傳話，並傳達給他人 Delivering a message to another person when unexpectedly asked to do so by someone
タスクの目標 も く ひょう	伝言を確実、正確に行うことができる でん ごん かく じつ せい かく おこな
課題目標 Task objectives	可確實、正確地進行傳話 To be able to communicate messages reliably and accurately

 ウォーミングアップ

レベル3

1. 職場や研修先で伝言をしたことがありますか。
   しょく ば けんしゅうさき でん ごん

2. どんな伝言の手段がありますか。
   でん ごん しゅ だん

伝言メモ
でん ごん

 **語彙リスト**

読み方	漢字	意味
ウォーミングアップ		
1. しょくば	職場	職場、工作崗位
2. けんしゅうさき	研修先	研修單位
3. ないせんでんわをかける	内線電話をかける	撥打內線電話
4. ちょくせつつたえる	直接伝える	直接傳達
5. でんごんメモをかく	伝言メモを書く	書寫傳話的便利貼
6. メールをおくる	メールを送る	發送郵件
7. チャットアプリでメッセージをおくる	チャットアプリでメッセージを送る	用聊天軟體發送訊息
聞きましょう1		
1. かいはつか	開発課	開發科
2. おでんわかわりました。	お電話代わりました。	換人接聽電話了。
3. おつかれさまです。	お疲れさまです。	辛苦了。
4. おねがいします	お願いしますⅢ	拜託、麻煩你
5. よこはまきかい	横浜機械	橫濱機械
6. うちあわせ	打ち合わせ	會議、會前會
7. しつれいします。	失礼します。	我先走了。
話すタスク		
1. ちえん	遅延	延誤
2. （じてんしゃの）パンク	（自転車の）パンク	（自行車）爆胎
会話練習		
1. よていへんこうをでんごんする	予定変更を伝言する	傳達變更預定

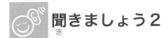 **聞きましょう1**
き

レベル3 ▶11

山下さんから開発課に電話がありました。絵を見て、会話を聞きましょう。
やました　　　　　　　　　かいはつか　てんわ　　　　　　　　　　え　み　　かいわ　き

サリさんは、これからどうしますか。

サリさん（開発課）
かいはつか

森田課長（開発課）
もりた　かちょう　かいはつか

山下さん（開発課）
やました　　　　　かいはつか

サリさんは

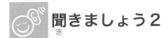 **聞きましょう2**
き

レベル3 ▶12

会話の続きを聞きましょう。課長が戻りました。サリさんは森田課長に何
かいわ　つづ　き　　　　　かちょう　もど　　　　　　　　　　　もりた　かちょう　なん

と言いますか。
い

サリさん（開発課）
かいはつか

森田課長（開発課）
もりた　かちょう　かいはつか

課長、
かちょう

 **話すタスク**

レベル3

1. あなたの研修先や職場ではどんな伝言が考えられますか。考えられる
   伝言内容を書きましょう。
   けんしゅうさき　しょくば　　　　　　　　　　てんごん　かんが　　　　　　　　　かんが
   てんごんないよう　か

   ┌───┐
   │   │
   │   │
   │   │
   │   │
   │   │
   └───┘

2. 予定変更を伝言しましょう。
   よ　ていへんこう　　てんごん

課長、山下さんから電話がありました。
か ちょう　やました　　　　　　てん わ

サリさん

はい。

森田課長
もり た　か ちょう

_____

と言っていました。
　い

_____

そうです。

サリさん

わかりました。ありがとう。

森田課長
もり た　か ちょう

94

 **会話練習**
かい わ れんしゅう

レベル3

1. 予定変更を伝言する　　　　　　　　　➡【～と言っていました】（33課）
　よ ていへんこう　 でんごん

A：課長、さっき山下さんから電話がありました。
　　か ちょう　　　　　　 やました　　　　でん わ
　　①打ち合わせが長くなってしまいましたから、
　　　う あ　　　　　　 なが
　　②2時ごろ会社に戻ると言っていました。
　　　　 じ　　　 かいしゃ　 もど　　 い

B：そうですか。わかりました。

1）①ほかのお客様の所に
　　　　　　 きゃくさま　 ところ
　　　行かなければなり
　　　 い
　　　ません

　　②3時ごろ会社に戻り
　　　　 じ　　　 かいしゃ　 もど
　　　ます

2）①電車が遅れています
　　　でんしゃ　 おく

　　②会社に戻る時間が
　　　かいしゃ　 もど　 じ かん
　　　11時ごろになります
　　　　　 じ

13

95

便利な表現

レベル3

1.【～んですが、～ていただけませんか】（26課）

・ミーティングの時間なんですが、11時に変えていただけませんか。

・打ち合わせの場所なんですが、インターネットができる部屋に変えていただけませんか。

・午後、都合が悪くなってしまったんですが、午後の会議をあしたに変えていただけませんか。

2.【～と伝えていただけませんか】（33課）

・10時からのミーティングに10分ほど遅れると伝えていただけませんか。

・あしたのミーティングは9時からだと伝えていただけませんか。

・来週の会議は社長も出席すると伝えていただけませんか。

<table>
<tr><td rowspan="2">ユニット
14</td><td>指導・アドバイスを
受ける
<small>しどう</small><small>う</small></td><td>接受指導、建議
Receiving guidance and advice</td></tr>
</table>

話題・場面 <small>わだい　ばめん</small> 話題情境 Subject, situation	研修先で、指導やアドバイスを受ける <small>けんしゅうさき　しどう　う</small> 在研修單位接受指導和建議 Receiving guidance and advice at the training site
タスクの目標 <small>もくひょう</small> 課題目標 Task objectives	職場の人からの指導やアドバイスを聞いて、謙虚な姿勢で答 <small>しょくば　ひと　しどう　き　けんきょ　しせい　こた</small> えることができる 可傾聽職場的人的指導和建議，並以謙虚的姿態回答 To be able to listen to guidance and advice from people in the workplace and answer in a polite manner

 ウォーミングアップ

レベル3

あなたが研修先（または職場）でプレゼンテーションをしたとき、指導員<small>けんしゅうさき　しょくば　しどういん</small>（または上司）から次のようなアドバイスをもらいました。あなたは何と<small>じょうし　つぎ　なん</small>答えますか。<small>こた</small>

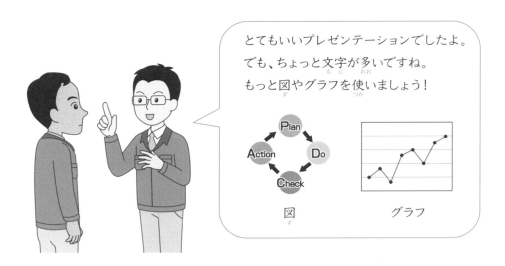

語彙リスト

読み方	漢字	意味
ウォーミングアップ		
1. けんしゅうさき	研修先	研修單位
2. しょくば	職場	職場、工作崗位
3. プレゼンテーション		演示、簡報
4. しどういん	指導員	指導員
5. じょうし	上司	上司
話すタスク1		
1. じっちけんしゅう	実地研修	實地研修
2. さぎょう	作業	作業
3. かんちがいをします	勘違いをしますⅢ	誤會、理解錯誤
話すタスク3		
1. ひととのつながり	人とのつながり	人與人的聯繫
2. そのとおりですね。		對的、是這樣沒錯。
会話練習		
1. アドバイスをうける	アドバイスを受ける	接受建議
2. ほうこくしょ	報告書	報告書
3. きかい	機械	機械
4. そうたいします	早退しますⅢ	早退

便利な表現
べんり ひょうげん

1.	ひづけ	日付	日期
2.	うちあわせ	打ち合わせ	會議、會前會
3.	のうき	納期	交貨期、交付期限
4.	しょかん	所感	感想
5.	ぎょうむ	業務	業務
6.	ミス		錯誤
7.	トラブル		問題、故障
8.	カイゼン		改善

14

 **話すタスク1**
はな

ナムさんは今、実地研修をしています。斉藤さんとナムさんの会話を聞き
いま　じっちけんしゅう　　　　　　　　さいとう　　　　　　　　かいわ　き
ましょう。

１. 斉藤さんは何を心配していますか。
さいとう　なに　しんぱい

（　　　　　　　　　　　　　　　　　　　）かどうか、心配しています。
しんぱい

２. 斉藤さんはナムさんに何をしてほしいと思っていますか。
さいとう　　　　　　　　なに　　　　　　　おも

（　　　　　　　　　　　　　　　　）ほしいと思っています。
おも

３. この後、ナムさんは斉藤さんに何と言いますか。考えて、話しましょう。
あと　　　　　　　さいとう　　　なん　い　　　　かんが　　　はな

【メモ】

_____

_____

４. 実際に、ナムさんは斉藤さんに何と言いますか。聞きましょう。　🔊32
じっさい　　　　　　　さいとう　　　なん　い　　　　き

_____

_____

 話す**タスク2**

ナムさんは今、実地研修をしています。斉藤さんとナムさんの会話を聞き
ましょう。

1. 斉藤さんは何を心配していますか。

（　　　　　　　　　　　　　　　　　　　　　　）を心配しています。

2. 斉藤さんはナムさんに何をしてほしいと思っていますか。

（　　　　　　　　　　　　　　　　　　　　　　）ほしいと思っています。

3. この後、ナムさんは斉藤さんになんと言いますか。考えて、話しましょう。

【メモ】

┌─────────────────────────────────────┐
│   │
│   │
│   │
│   │
└─────────────────────────────────────┘

4. 実際に、ナムさんは斉藤さんに何と言いますか。聞きましょう。　🔊34

┌─────────────────────────────────────┐
│   │
│   │
│   │
└─────────────────────────────────────┘

話すタスク3
<small>はな</small>

レベル3 🔊35

ナムさんは昼休みも製品の勉強をしています。斉藤さんとナムさんの会話
<small>ひるやす</small>　<small>せいひん　べんきょう</small>　　　　<small>さいとう</small>　　　　　　<small>かいわ</small>
を聞きましょう。
<small>き</small>

1. 斉藤さんは何を心配していますか。
<small>さいとう</small>　<small>なに　しんぱい</small>

（　　　　　　　　　　　　　　　　　　　）かどうか、心配しています。
　　　　　　　　　　　　　　　　　　　　　　　　　　<small>しんぱい</small>

2. 斉藤さんはナムさんに何をしてほしいと思っていますか。
<small>さいとう</small>　　　　　　　<small>なに</small>　　　　　<small>おも</small>

（　　　　　　　　　　　　　　　　　）ほしいと思っています。
　　　　　　　　　　　　　　　　　　　　　　<small>おも</small>

3. この後、ナムさんは斉藤さんになんと言いますか。考えて、話しましょう。
<small>あと</small>　　　　　　<small>さいとう</small>　　　　　<small>い</small>　　　　<small>かんが</small>　　<small>はな</small>

【メモ】

4. 実際に、ナムさんは斉藤さんになんと言いますか。聞きましょう。 🔊36
<small>じっさい</small>　　　　　　<small>さいとう</small>　　　　　<small>い</small>　　　<small>き</small>

 **会話練習**
かいわれんしゅう

レベル3

1. アドバイスを受ける　　➡【～ほうがいいです】(32課)【～て／で（理由）】(39課)
りゆう

A：ナムさん、どうしたんですか。

B：①報告書を書いているんですが、
　　ほうこくしょ　か
　　ちょっと②難しくて……。
　　　　　　　むずか

A：そうですか。

　　③指導員の小川さんに相談したほうが
　　しどういん　おがわ　　そうだん
　　いいですよ。

B：わかりました。

1）①機械を操作してい
　　きかい　そうさ
　　ます

　　②機械の調子が悪い
　　きかい　ちょうし　わる
　　です

　　③すぐ機械を止めて、
　　　　きかい　と
　　調べてもらいます
　　しら

2）①急いであしたの会議の
　　いそ　　　　かいぎ
　　資料を作っています
　　しりょう　つく

　　②体の調子が悪いです
　　からだ　ちょうし　わる

　　③課長に相談して、
　　かちょう　そうだん
　　早退します
　　そうたい

14

便利な表現
べんり　ひょうげん

レベル3

1.【～ようにしてください】（36課）

・報告書の日付を忘れないようにしてください。
　ほうこくしょ　ひづけ　わす

・打ち合わせの時間に遅れないようにしてください。
　う　あ　　じかん　おく

・納期を守るようにしてください。
　のうき　まも

2.【疑問詞＋か】（40課）【～とか、～とか】（30課）
　ぎもんし

・報告書には何がよかったかとか、何が難しかったかとか、所感を書く
　ほうこくしょ　なに　　　　　　なに　むずか　　　　　　しょかん　か
　ようにしてください。

・業務報告書にはどうすればミスがなくなるかとか、どうすればトラブ
　ぎょうむほうこくしょ
　ルが起きないかとか、カイゼン方法を書くようにしてください。
　お　　　　　　　　　　ほうほう　か

ユニット **15**	業務の成果や課題を話す ぎょうむ せいか かだい はな

説出工作的成果和課題
Speaking about business results and issues

話題・場面 わだい ばめん	自分の業務を振り返り、課題について解決策をまとめる じぶん ぎょうむ ふ かえ かだい かいけつさく
話題情境 Subject, situation	回顧自己的工作，針對課題歸納解決對策 Reviewing one's own work and coming up with solutions to issues
タスクの目標 もくひょう	自分のこれまでの業務の成果と課題を挙げ、課題に対する解 じぶん ぎょうむ せいか かだい あ かだい たい かい 決策を提案することができる けっさく ていあん
課題目標 Task objectives	可列舉出自己過去工作的成果和課題，針對課題提出解決對策 To be able to identify the results of and issues in your work and propose solutions to any issues

 ウォーミングアップ

レベル3

1. 次のことばの意味を知っていますか。知らない場合は、調べてみましょう。
   つぎ いみ し ばあい しら

   成果　　課題　　解決策
   せいか　かだい　かいけつさく

2. 業務の「成果」、「課題」、「解決策」について報告したことがありますか。
   ぎょうむ せいか かだい かいけつさく ほうこく

 **語彙リスト**

読み方	漢字	意味
ウォーミングアップ		
1. せいか	成果	成果
2. かだい	課題	課題
3. かいけつさく	解決策	解決方案
4. ぎょうむ	業務	業務
聞きましょう		
1. かいはつか	開発課	開發科
2. システムテスト		系統測試
3. たんとうします	担当しますⅢ	擔當、負責
4. さぎょう	作業	作業
5. ミス		錯誤
6. やりなおします	やり直しますⅠ	重做
7. かくします	隠しますⅠ	隱藏
8. ほうこくします	報告しますⅢ	報告
9. さいはつぼうし	再発防止	防止再次發生
10. そのちょうしで	その調子で	保持狀態
話すタスク		
1. みなおしをします	見直しをしますⅢ	重新審視、重新檢視
2. こんご	今後	今後

会話練習
<ruby>会話練習<rt>かいわれんしゅう</rt></ruby>

1. せいかとかだいをのべる	成果と課題を述べる	闡述成果和課題
2. きかいトラブル	機械トラブル	機械故障
3. けっぴん	欠品	缺貨
4. れんらくミス	連絡ミス	聯絡錯誤
5. ふりょうひん	不良品	瑕疵品
6. げんいんをのべる	原因を述べる	闡述原因
7. （けっぴんを）なくします	（欠品を）なくしますⅠ	防止（缺貨）
8. ざいこ	在庫	庫存
9. へらします	減らしますⅠ	減少
10. けんぴん	検品	驗貨
11. かいけつさくをていじする	解決策を提示する	提出解決方案

便利な表現
<ruby>便利<rt>べんり</rt></ruby>な<ruby>表現<rt>ひょうげん</rt></ruby>

1. りかいします	理解しますⅢ	理解、了解
2. メンテナンスをしますⅢ		保養
3. しっかり		牢牢地、好好地
4. クレーム		投訴
5. カイゼン		改善
6. さいはつします	再発しますⅢ	再次發生
7. ごエス	5S	5S
8. ぎじゅつ	技術	技術

15

聞きましょう

レベル3 🔊37

1. 開発課のサリさんが森田課長と話しています。正しいものに○、正しくないものに×を書きましょう。

①サリさんは、今、一人でシステムテストの作業ができます。　（　　　）

②サリさんの問題は作業ミスが多いことです。　（　　　）

③サリさんはミスの報告を一度もしたことがありません。　（　　　）

④サリさんの問題の原因はミスを隠したことです。　（　　　）

2. もう一度、森田課長とサリさんの会話を聞きます。＿＿＿＿＿にことばを書きましょう。

〈成果〉
よかったことは、＿＿＿＿＿＿＿＿＿＿＿＿＿＿＿＿＿
＿＿＿＿＿＿＿＿＿＿＿＿＿＿＿ことです。

〈課題〉
問題は、＿＿＿＿＿＿＿＿＿＿＿＿＿ことです。

〈解決策〉
原因は、＿＿＿＿＿＿＿＿＿＿＿＿＿＿＿＿＿＿＿からだと思います。
＿＿＿＿＿＿＿＿＿＿＿ように、＿＿＿＿＿＿＿＿＿＿＿ようにしたいと思います。

 **話すタスク**
<small>はな</small>

レベル3

あなたの日本語について、「成果」と「課題」、「解決策」を話しましょう。
<small>にほんご　　　　　　せいか　　　　　かだい　　　　　かいけつさく　　　はな</small>

例
<small>れい</small>

〈成果〉
<small>せいか</small>
よかったことは、<u>一人で作業ができるよう</u>
<small>ひとり　さぎょう</small>
<u>になった</u>ことです。

〈課題〉
<small>かだい</small>
問題は、<u>作業ミスが多かった</u>ことです。
<small>もんだい　　さぎょう　　おお</small>

〈解決策〉
<small>かいけつさく</small>
原因は、<u>「次は気をつけよう」と思っていても、何もしなかった</u>からだ
<small>げんいん　　つぎ　き　　　　　　　おも　　　　　　　なに</small>
と思います。作業ミスが少なくなるように、<u>「ミス再発防止ノート」</u>を
<small>おも　　　さぎょう　　すく　　　　　　　　　　　　　さいはつぼうし</small>
書くようにしたいと思います。
<small>か　　　　　　　　おも</small>

15

〈成果〉
<small>せいか</small>
よかったことは、_____
_____ことです。

〈課題〉
<small>かだい</small>
問題は、_____ことです。
<small>もんだい</small>

〈解決策〉
<small>かいけつさく</small>
原因は、_____からだと思います。
<small>げんいん　　　　　　　　　　　　　　　　　　　　　　おも</small>
_____ように、_____ようにしたい
と思います。
<small>おも</small>

会話練習
かい わ れんしゅう

レベル3

1. 成果と課題を述べる
   せい か　か だい　の
   　　　　　　　　　　　　　　　→ 【〜ことです】（18課）【〜く／になります】（19課）

A：この3か月でよかったこと、
　　　　　げつ

　　問題だったことを話してください。
　　もんだい　　　　　はな

B：よかったことは①一人で作業ができる
　　　　　　　　　　ひとり　さ ぎょう

　　ようになったことです。

　　問題は②作業ミスが多かったことです。
　　もんだい　さ ぎょう　　　　おお

A：そうですか。

　　その問題をもう少し話してください。
　　　　もんだい　　　　すこ　はな

1) ①機械トラブルが
　　き かい

　　少なくなりました
　　すく

　　②欠品が多かったです
　　　けっぴん　おお

2) ①連絡ミスが減り
　　れんらく　　　へ

　　ました

　　②不良品が時々あり
　　　ふ りょうひん　ときどき

　　ました

2. 原因を述べる
   げんいん　の
   　　　　　　　　　　　　　　　→ 【〜（よ）うと思っています】（31課）
   　　　　　　　　　　　　　　　　　　　　　　　　　　おも

A：原因について、もう少し説明して
　　げんいん　　　　　　すこ　せつめい

　　くれますか。

B：原因は「①次は気をつけよう」と思って
　　げんいん　　つぎ　き　　　　　　おも

　　いても、②何もしなかったからだと思い
　　　　　　　なに　　　　　　　　　おも

　　ます。

1) ①欠品をなくします
　　けっぴん

　　②在庫を確認して
　　　ざい こ　かくにん

　　いませんでした

2) ①不良品を減らします
　　ふ りょうひん　へ

　　②検品が十分では
　　　けんぴん　じゅうぶん

　　ありませんでした

3. 解決策を提示する
   かいけつさく　てい じ
   　　　　　　　　　　　　　　　→ 【〜ように】（36課）【〜ようにします】（36課）

A：再発防止のために、どうしたらいいと
　　さいはつぼう し

　　思いますか。
　　おも

B：はい。①作業ミスが少なくなるように、
　　　　　　さ ぎょう　　　すく

　　②「ミス再発防止ノート」を書くように
　　　　　さいはつぼう し　　　　　か

　　したいと思います。
　　　　　おも

1) ①欠品が減ります
　　けっぴん　へ

　　②毎日在庫を確認します
　　　まいにちざい こ　かくにん

2) ①不良品が減ります
　　ふ りょうひん　へ

　　②検品を十分行います
　　　けんぴん　じゅうぶんおこな

110

便利な表現
べんり　ひょうげん

1.【～て／で（理由）】（39課）
りゆう

・不良品が多くて困っています。
ふりょうひん　おお　こま

・作業が複雑で大変です。
さぎょう　ふくざつ　たいへん

・日本語の説明があまり理解できなくて困っています。
にほんご　せつめい　りかい　こま

2.【～ように】（36課）【～ています】（28課）

・作業ミスが少なくなるように、「ミス再発防止ノート」を作っています。
さぎょう　すく　さいはつぼうし　つく

・機械トラブルが減るように、毎日メンテナンスをしっかりしています。
きかい　へ　まいにち

・欠品がないように、毎日在庫を確認しています。
けっぴん　まいにちざいこ　かくにん

・お客様のクレームが少なくなるように、カイゼンの方法を考えてい
きゃくさま　すく　ほうほう　かんが
ます。

3.【疑問詞＋か】【～てみます】（40課）
ぎもんし

・どんなミスをしたか書いてみます。
か

・どうしてミスが起きたか考えてみます。
お　かんが

・どうしたらミスをしなかったか考えてみます。
かんが

・どうしたら再発しないか考えてみます。
さいはつ　かんが

4.【～（よ）うと思っています】（31課）
おも

・5Sをしっかりしようと思っています。
おも

・在庫の確認をしっかりしようと思っています。
ざいこ　かくにん　おも

・作業ミスをしないようにしようと思っています。
さぎょう　おも

・同じミスをしないようにしようと思っています。
おな　おも

・日本で技術をしっかり習おうと思っています。
にほん　ぎじゅつ　なら　おも

15

大家的日本語 初級～進階48課

現場的日本語

進階

スクリプト・解答例

スクリプト

ユニット１　標示の意味を調べる

※ユニット１はスクリプトなし

ユニット２　ルールやマナーの説明を聞く

 聞くタスク１、２

レベル３

▶01　鈴木：おはようございます。きょうから研修ですね。よろしくお願いします。

　　　ナム：よろしくお願いします。

　　　鈴木：では、会社の中を案内しますね。

１．ロッカールームで

▶02　鈴木：ここはロッカールームです。ナムさんはこのロッカーを使ってください。研修は９時からです。毎朝ここで着替えて、５分前までに工場へ来るようにしてください。時間厳守でお願いします。

　　　ナム：５分前ですね。わかりました。作業は９時からですか。

　　　鈴木：いいえ、作業のまえに毎朝朝礼をします。

　　　ナム：まず、朝礼ですね。わかりました。あの、ロッカーに財布を入れておいてもいいですか。

　　　鈴木：大丈夫ですが、大切なものをロッカーに入れたときは、かぎを忘れないようにしてください。じゃ、着替えて工場へ行きましょう。

２．工場で

▶03　鈴木：ナムさん、ここが工場です。知っていると思いますが、工場では禁煙です。絶対にたばこを吸わないでください。

　　　ナム：はい。あの……、たばこを吸いたいときは、どこへ行ったらいいでしょうか。

鈴木：工場の外に喫煙所がありますので、その喫煙所で吸うようにして
ください。

ナム：あっ、すみません。きつ？……何でしょうか。

鈴木：「きつえんじょ」です。あとで案内しますね。それから工場では
ケータイ禁止です。仕事をしながら、ケータイを見ないでくださ
いね。

ナム：はい。わかりました。気をつけます。

鈴木：あ、ナムさん、危ないので、大きい機械には触らないでください。
機械の操作はここでします。このマニュアルをよく見ながら、機
械を操作してください。

ナム：はい。

鈴木：工場では安全第一です。では、作業を始めましょう。

    ⋮

鈴木：ナムさん、もう12時ですね。昼休みです。食堂へ行きましょう。

3．食堂で

▶04 ナム：わあ、広い食堂ですねぇ……。

鈴木：機械で食べたい料理のチケットを買って、食堂の人にチケットを
出してください。

ナム：はい。

    ⋮

ナム：あれ、鈴木さんはお弁当なんですか。

鈴木：ええ。わたしはいつも食堂で弁当を食べています。ナムさんも弁
当を持って来てここで食べてもいいですよ。

ナム：じゃあ、今度、わたしもお弁当を作って、持って来ます。

ナム：あの……、昼ごはんを食べたあとで、ここで少し日本語を勉強し
たいんですが……。

鈴木：そうですね。12時半ぐらいには食堂もすくと思います。食堂が
すいているときだったら、勉強してもいいと思いますよ。

4. 工場で

▶05　鈴木：ナムさん、そろそろ5時ですね。作業を終わりましょう。

　　　ナム：はい。きょうはありがとうございました。

　　　鈴木：使った工具は必ず元の所に戻しておいてください。工場では整理整頓が大切です。

　　　ナム：はい。わかりました。

　　　鈴木：工具を片づけたら、日報を書いて、事務所に出してから帰ってください。じゃ、あしたも9時から朝礼ですから、遅れないように気をつけてくださいね。

　　　ナム：はい。遅れないようにします。あの……もし間に合わないときはどうしたらいいですか。

　　　鈴木：遅刻するときは、9時までに事務所に連絡してください。

　　　ナム：はい、わかりました。じゃあ……、お先に失礼します。

　　　鈴木：お疲れさまでした。

ユニット3　災害時のアナウンスを聞く

聞くタスク1

レベル3

◀01　①緊急地震速報。大地震です。大地震です。

◀02　②火事です。火事です。火災が発生しました。落ち着いて避難してください。

◀03　③津波警報が発表されました。海岸付近の方は高台に避難してください。

聞くタスク2

レベル3

◀04　1）お知らせします。台風5号が近付いています。12日午後3時に関東地方に一番近付きます。電車で帰る人は、電車が止まるかもしれま

せんから、きょうは早めに帰宅してください。停電になるかもしれ
ませんから、帰るまえに、必ず機械の電源を切ってください。風や
雨がとても強くなります。看板が飛んだり、木や電柱が倒れたりす
るかもしれませんから、気をつけて帰ってください。

◀)) 05 2）2階の作業室で火事が発生しました。近くの非常口から建物の外に逃
げてください。エレベーターは使えません。階段を使ってください。
煙を吸わないように、体を低くして逃げてください。タオルやハン
カチがあれば、鼻と口を押さえてください。ない人は、服で押さえ
ましょう。落ち着いて避難してください。

◀)) 06 1）地震は止まりました。落ち着いてください。午後3時23分に大きい
地震がありました。震源地は、埼玉県南部です。東京都23区は震度
4です。地震は1回だけではありません。余震が来るかもしれません。
余震に気をつけてください。壊れた建物や、割れたガラスなどに気
をつけてください。火が消えているかどうか、もう一度確かめてく
ださい。

◀)) 07 2）午後3時23分に大きい地震がありました。津波が来るかもしれませ
ん。海や川の近くから離れてください。津波は1回だけではありま
せん。何回も来るかもしれませんから、注意してください。海から
近い所にいる人は、ビルの屋上や山の上など高い所へ避難してくだ
さい。危ないので、絶対に海や川に近寄らないでください。これか
らのアナウンスに注意してください。

ユニット4　工場見学の説明を聞く

 聞くタスク1、2

レベル3

◀)) 08 斉藤：では、工場の中をご案内します。この工場では、1年に約24万
台の車を作ってるんですよ。

ナム：24万台ですか……。何人ぐらいの人が働いてるんですか。

斉藤：2,600人ぐらいです。

ナム：2,600人ですか。わたしがいるエンジンの工場は3,300人ぐらいですから、こちらの工場のほうが少ないですね。

斉藤：ここでは、ロボットもたくさん作業しますからね。

ナム：そうですか。

🔊09 斉藤：はい。では、1つ目の工程を見ましょう。プレス機を使って、車の部品を作っているところです。強くて軽い板を使っているので、丈夫な車を作ることができるんです。ここでは、1分間に12枚の部品を作っています。この部品は厳しい品質チェックをしてから、次の工程へ行きます。

ナム：はい。

斉藤：プレスの作業はロボットがしますが、品質チェックは人がするんです。

ナム：そうなんですか。

斉藤：品質チェックは大切なので、人がするんですよ。

ナム：なるほど……。

🔊10 斉藤：では、次は溶接の工程を見ましょう。溶接も、ロボットが作業します。ロボットが溶接のしかたを覚えて、作業するんです。

ナム：そうですか。すごいですね。

斉藤：次は「塗装」ですね。

ナム：トソウ？

斉藤：色を塗ることです。ロボットが塗ったり、人が塗ったりします。

ナム：あ、そうなんですか。

斉藤：はい。色を塗る工程は1つだけではありません。ロボットが塗る工程もありますし、人が塗る工程もあります。

ナム：はい。わかりました。

斉藤：それから「組立」も人がします。ロボットはしません。3,000点

くらいの部品があるんですが、1点1点細かい作業を人の手で行います。

ナム：3,000点……！

◀》11　斉藤：最後に、完成検査の工程を見ましょう。

ナム：カンセイケンサ……？

斉藤：出荷するまえに、人が検査することです。時速120キロで運転して、車の安全性を確認します。検査の項目は700から1,000ぐらいですね。

ナム：そうですか……！　たくさん検査するんですね！

斉藤：安全性はとても大切なので、たくさんの項目を検査します。検査も大切な工程の一つです。

ナム：はい。わかりました！

ユニット5　予定や指示を聞く

 聞くタスク1、2

レベル3

▶06　森田課長：おはようございます。9月5日の朝礼を始めます。

まず、わたしのきょうの予定ですが、この朝礼後、9時半から山下さんと打ち合わせがあります。その後、プロジェクト計画を作ります。午後は4時から1時間ほど営業課と打ち合わせがあります。営業課の打ち合わせは少し長くなるかもしれませんから、用事がある人は、そのまえにお願いします。では、山下さんから、予定をお願いします。

山下：はい。午前は、課長との打ち合わせ後に、横浜機械で打ち合わせがあるので、外出します。1時ごろに戻る予定です。午後はコスト計画を作ります。以上です。

森田課長：はい。じゃ、サリさん。

サリ： はい！ わたしは、きのうから始めた工程表がまだ完成していないので、きょうも続けようと思っています。3時までに一度課長にメールで送りますから、確認していただけませんか。問題があればやり直して、あしたには出せるようにします。以上です。

森田課長：サリさん、工程表はどうですか。難しいですか。

サリ： はい、少し難しいです。

森田課長：じゃ、工程表ですが、きのうまでに作った所を確認したいので、朝礼が終わったら一度見せてください。

サリ： はい、わかりました。

森田課長：次に、月曜11時の課のミーティングですが、来週は山下さんが午前中お休みなので、午後にしたいと思います。1時はどうですか。都合が悪い人はいますか。

山下： 大丈夫です。

サリ： わたしも大丈夫です。

森田課長：では、来週の課のミーティングは1時から始めます。皆さんから、ほかに連絡はありませんか。では、きょうも1日、よろしくお願いします。

山下・サリ：よろしくお願いします。

ユニット6　予定を共有する

 聞きましょう

レベル3

▶07　森田課長：おはようございます。9月5日の朝礼を始めます。
　　　　　　　では、山下さんから、予定をお願いします。

山下： はい。午前は、課長との打ち合わせ後に、横浜機械で打ち合わせがあるので、外出します。1時ごろに戻る予定です。午後はコスト計画を作ります。以上です。

森田課長：はい。じゃ、サリさん。

サリ：　はい！　わたしはきのうから始めた工程表がまだ完成していないので、きょうも続けようと思っています。3時までに一度課長にメールで送りますから、確認していただけませんか。問題があればやり直して、あしたには出せるようにします。以上です。

ユニット7　予定を確認する

 話すタスク1

レベル3

◀)12　1）鈴木：あしたは 8 時半（雑音）に事務所へ来てください。
　　　　ナム：あのう、すみません。時間をもう一度お願いできますか。
　　　2）鈴木：あしたは 8 時半（雑音）に事務所へ来てください。
　　　　ナム：あのう、すみません。時間は 8 時半でよろしいでしょうか。

◀)13　①鈴木：担当者は斉藤さん（雑音）です。
◀)14　②鈴木：会議は来週の月曜日（雑音）です。
◀)15　③鈴木：東京の実習は 2 月（雑音）からです。
◀)16　④鈴木：会議は月曜日の 10 時（雑音）から東京本社でします。
◀)17　⑤鈴木：名古屋（雑音）工場でエンジンの製造の実習をします。

◀)18　鈴木：あしたは 8 時半に事務所へ来てください。
　　　ナム：8 時半に事務所ですね。わかりました。

◀)19　①鈴木：担当者は斉藤さんです。
◀)20　②鈴木：会議は来週の月曜日です。
◀)21　③鈴木：東京の実習は 2 月からです。
◀)22　④鈴木：会議は月曜日の 10 時から東京本社でします。
◀)23　⑤鈴木：名古屋工場でエンジンの製造の実習をします。

話すタスク 2

レベル3

🔊24 ①はっ？ ②はぁ…… ③はい ④ええ
⑤うん ⑥ふぅん ⑦そうですね

🔊25 ナム：すみません。9月から10月は何の実習ですか。
ちょっと印刷が見えなくて……。

ユニット8 使い方について質問する

ウォーミングアップ

レベル3

【エアコン】

▶08 サリ：寒いですね。エアコン……。
山下：じゃあ、送風にして。
サリ：……。
山下：ここをこうして、こうすると、送風になりますよ。
サリ：あ、はい。ありがとうございます。

【コピー機】

▶09 森田課長：サリさん、これ、両面コピーお願いします。
サリ：　　はい。

　　　　　　　　　⁝

サリ：　　山下さん、すみません。コピーはどうやって、するんですか。
山下：　　あ、コピー？　簡単ですよ。
　　　　これをこうして、こうするだけです。
サリ：　　あ、ありがとうございます。

ユニット9　体調不良を伝える

聞きましょう

レベル3

［場面１］

🔊26　ナム：斉藤さん、すみません。ちょっとよろしいでしょうか。

斉藤：はい、どうしたんですか。

ナム：あのう、実はきのうの晩から、のどが痛くて……
　　　熱も少しあるんです。

斉藤：え！　大丈夫ですか。熱はどのくらいありますか。

ナム：38度です。

斉藤：ちょっと高いですね。きょうは午後の打ち合わせには出なくても
　　　いいので、早く帰ってうちで休んでください。

ナム：はい、ありがとうございます。

斉藤：あしたの朝もまだ熱が高かったら連絡してください。
　　　病院へ行ったほうがいいかもしれませんから。

ナム：はい、わかりました。じゃあ、お先に失礼します。

斉藤：お大事に。

［場面２］

🔊27　ナム：斉藤さん、すみません。ちょっとよろしいでしょうか。

斉藤：はい、どうしたんですか。

ナム：あのう、さっき作業中に手にやけどをしてしまったんです。
　　　すぐ冷やしたんですが、まだ痛くて……。

斉藤：え！　そうですか……。ちょっと見せてください。
　　　ああ……少し赤くなってますね。
　　　もうしばらく冷やしておいたほうがいいですよ。

ナム：はい。

斉藤：それと、冷やしてから、薬をつけたほうがいいですよ。

　　　薬は救急箱に入ってるので、鈴木さんに出してもらってください。

ナム：はい、わかりました。ありがとうございます。

斉藤：それから、やけどをしてしまった理由について、あとで報告書を

　　　書いてくださいね。

ナム：はい、わかりました。

ユニット10　遅刻の連絡をする

 聞きましょう

レベル3

▶10　山下：　　　はい、システムトーキョー、開発部開発課でございます。

　　　サリ：　　　おはようございます。サリです。山下さんですか。

　　　山下：　　　ああ、サリさん。おはようございます。

　　　サリ：　　　あの、すみませんが、森田課長をお願いします。

　　　山下：　　　はい、少々お待ちください。

　　　森田課長：お電話代わりました。森田です。

　　　サリ：　　　サリです。おはようございます。

　　　森田課長：おはようございます。

　　　サリ：　　　申し訳ありません。今、駅にいるんですが、電車の何かのト

　　　　　　　　ラブルで遅れてしまって、会社に着くのが9時10分ごろに

　　　　　　　　なりそうなんです。

　　　森田課長：そうですか。わかりました。

　　　サリ：　　　申し訳ありませんが、よろしくお願いします。失礼します。

ユニット11　問題発生を報告する

聞きましょう1

レベル3

🔊28　ナム：斉藤さん、すみません！　ちょっとよろしいですか。

斉藤：はい。どうしたんですか。

ナム：部品の発注ミスがあったみたいです。

斉藤：え！　どんな発注ミスですか。

ナム：発注したものと届いたものが違います。たぶん、発注ミスだと思います。

斉藤：えぇ……？

ナム：どうすればいいでしょうか。

斉藤：とりあえず、もう一度確認してください。

ナム：はい、わかりました。

聞きましょう2

レベル3

🔊29　ナム：斉藤さん、すみません！　ちょっとよろしいですか。

斉藤：はい。どうしたんですか。

ナム：あのう、実は……きょう入荷した部品の箱を落としてしまいました。

斉藤：え？　どうして？

ナム：きょうの部品は軽かったので、手で運んでもいいと思ったんです。それで……落としてしまいました。

斉藤：え？　だめですよ。箱が軽くても、台車を使わなければいけませんよね。とりあえず、箱の中を見ましょう。

ナム：はい。ほんとうにすみません。

ユニット 12　困っていることを相談する

 聞きましょう

レベル3

🔊30　ナム：斉藤さん、すみません。今、お時間ありますか。

斉藤：はい。どうしましたか。

ナム：あのう、実は……ちょっとご相談してもいいですか。

斉藤：もちろんですよ。ここで話しますか。

ナム：はい、ここで大丈夫です。あのう……わたしのやり方がよくないのかもしれませんが……作業がなかなか終わらなくて……。残業はできませんから、きょうできなかったことを次の日にしなければなりません。でも、次の日はほかの作業もしなければなりませんよね。ですから、どんどん作業が多くなるんです。どうすればいいでしょうか。

斉藤：そうですか……ほかの人も同じですか。作業に時間がかかっていますか。

ナム：ほかの人は……よくわかりませんが、わたしより速いと思います。

斉藤：なるほど。作業の量は研修生は皆さん同じです。でも、ナムさんだけ作業が終わりませんよね？　どうしてでしょうか。

ナム：あ……そうですね。わたしだけです。

斉藤：ナムさんは作業がとても丁寧です。たぶん、丁寧ですから時間がかかるんだと思います。田中さんは丁寧で作業も速いです。今度、田中さんの作業を見てみてください。どうしたら速く作業ができるか、わかるかもしれません。

ナム：はい。わかりました。ありがとうございます。

ユニット 13　連絡事項を伝言する
れんらく じ こう　　でんごん

 聞きましょう1
き

レベル3

▶11　取り次ぎ：サリさん、山下さんからお電話です。1番です。
と つ　　　　　　　　　やました　　　　　でんわ　　　　ばん

サリ：　　ありがとうございます。

サリ：　　お電話代わりました。サリです。
　　　　　でんわ か

山下：　　お疲れさまです。山下です。
やました　　つか　　　　　　やました

サリ：　　お疲れさまです。
　　　　　つか

山下：　　サリさん、課長は今、いませんよね？
やました　　　　　　　かちょう　いま

サリ：　　はい。でも、たぶん……もうすぐ来ます。
　　　　　　　　　　　　　　　　　　き

山下：　　そう……。ちょっとお願いしてもいいですか。横浜機械との
やました　　　　　　　　　　　　ねが　　　　　　　　　　　よこはまきかい
　　　　　　打ち合わせに時間がかかってしまったので、これから昼ごは
　　　　　　う あ　　　　じかん　　　　　　　　　　　　　　　　　　ひる
　　　　　　んを食べに行こうと思っています。2時ごろ会社に戻る予定
　　　　　　た　　い　　　おも　　　　　　　　　じ　　　かいしゃ　もど　よてい
　　　　　　です。課長に伝えてもらえますか。
　　　　　　　　　かちょう　つた

サリ：　　はい、わかりました。会社に……2時ごろですね……。
　　　　　　　　　　　　　　　　かいしゃ　　　　じ

山下：　　はい、2時ごろに戻ります。よろしくお願いします。
やました　　　　じ　　　もど　　　　　　　　ねが

サリ：　　はい。失礼します。
　　　　　　　しつれい

 聞きましょう2
き

レベル3

▶12　サリ：　　課長、山下さんから電話がありました。打ち合わせに時間
　　　　　　かちょう　やました　　　　でんわ　　　　　　う あ　　　　じかん
　　　　　　がかかってしまったので、これから昼ごはんを食べに行くと
　　　　　　　　　　　　　　　　　　　　　　ひる　　　　　た　い
　　　　　　言っていました。2時ごろ会社に戻るそうです。
　　　　　　い　　　　　　　　じ　　かいしゃ　もど

森田課長：わかりました。ありがとう。
もり た か ちょう

ユニット 14　指導・アドバイスを受ける

 話すタスク 1

レベル 3

🔊31　斉藤：ナムさん、ちょっと今、話しても大丈夫ですか。

　　　ナム：はい。

　　　斉藤：いつも作業の説明はわたしがしていますよね。わたしの日本語は
　　　　　　難しいですか。

　　　ナム：いいえ、斉藤さんの説明はよくわかります。大丈夫です。

　　　斉藤：あ、そうなんですね……。実は……わたしにはナムさんが時々説
　　　　　　明をわかっていないように見えます。ほんとうにわかったかどう
　　　　　　か、心配になるときがあります。何度、質問しても大丈夫ですか
　　　　　　ら、わかるまで確認してくださいね。

🔊32　ナム：あ……自分では、わかったと思っていました。でも、勘違いをし
　　　　　　ていたかもしれません。すみませんでした。これからは、わかっ
　　　　　　たと思っても確認します。

 話すタスク 2

レベル 3

🔊33　斉藤：ナムさん、わたしの作業の説明はわかりましたか。

　　　ナム：はい。わかりました。

　　　斉藤：じゃあ、今度はナムさんが作業をしてもらえますか。

　　　ナム：え、今ですか。えーと……。

　　　斉藤：ほんとうにわたしの説明はわかりましたか。

　　　ナム：はい、わかりました。でも、同じ作業を今するのは……ちょっと
　　　　　　難しいです。

　　　斉藤：ナムさん。日本で習ったことは国に帰ってから、ナムさんが皆さ
　　　　　　んに教えなければならないんですよ。説明がわかっても、作業が

できなければ、意味がありません。ですから、きちんと作業ができるように覚えてくださいね。

🔊**34** ナム：あ……わたしは作業の方法がわかったらいいと思っていました。でも、勘違いをしていたかもしれません。すみませんでした。これからは、作業ができるように、きちんと覚えます。

 **話すタスク3**

レベル3

🔊**35** 斉藤：ナムさん、毎日頑張っていますね。
ナム：あ、斉藤さん。はい！
日本にいる間にできるだけ製品の勉強をしたいですから。
斉藤：すばらしいですね。ナムさんはほんとうによく頑張っていますよね。でも、昼休みはみんなといっしょにごはんを食べたほうがいいんじゃないかな……。勉強はもちろん大切ですけど、人とのつながりも大切だと思うんです。日本にいる間は短いから、日本人とつながりを作ってください。いいチャンスだと思いますよ。

🔊**36** ナム：あ……はい。そうですね。よくわかります。そのとおりですね。
勉強も大切ですが、人とのつながりも大切だと思います。
これから、気をつけます。

ユニット15 業務の成果や課題を話す

 **聞きましょう**

レベル3

🔊**37** 森田課長：サリさん、この3か月、お疲れさまでした。
サリ：　　ありがとうございます。
森田課長：では、この3か月の仕事について、よかったこと、問題だったことを話してください。

サリ：　わたしはシステムテストを担当していますが、よかったこと
　　　　は、一人で作業ができるようになったことです。問題は、作
　　　　業ミスが多かったことです。

森田課長：その問題について、もう少し説明してくれますか。

サリ：　はい。問題なのは、ミスをするともう一度やり直さなければ
　　　　ならないので、長く時間がかかってしまうことです。これは、
　　　　むだになります。原因は「次は気をつけよう」と思っていても、
　　　　何もしなかったからだと思います。ミスは隠さないで、必ず
　　　　報告していますが、ほかにも作業ミスが少なくなるように、
　　　　「ミス再発防止ノート」を書くようにしたいと思います。
　　　　これは「どんなミスをしたか」「どうしてミスが起きたか」
　　　　「どうしたらミスをしなかったか」を書くノートです。

森田課長：わかりました。その調子で頑張ってください。

サリ：　はい、ありがとうございます。

解答例
かいとうれい

ユニット1　標示の意味を調べる
ひょうじ　いみ　しら

 ウォーミングアップ

レベル3

省略
しょうりゃく

 調べるタスク1
しら

レベル3

作業場：さぎょうば　事務所：じむしょ　倉庫：そうこ

＊意味については省略
いみ　　　　　しょうりゃく

 話し合いましょう
はな　あ

レベル3

省略
しょうりゃく

 調べるタスク2
しら

レベル3

①さぎょうちゅう　　②おうせつしつ　　③きゅうけいしつ

④さゆうかくにん　　⑤じゅうぎょういんようでいりぐち

＊意味については省略
いみ　　　　　しょうりゃく

 **会話練習**
かいわれんしゅう

レベル3

1．1）①火気厳禁　②かきげんきん　③火を使ってはいけない
ひ　つか

　　2）①使用中　②しようちゅう　③今、使っている
いま　つか

ユニット2　ルールやマナーの説明を聞く

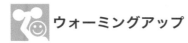 **ウォーミングアップ**

レベル3

〈解答例〉してはいけないことは何か知りたいです。

　　　　　職場のルールが知りたいです。

 **聞くタスク1**

レベル3

1. ロッカールームで

　〈解答例〉研修は9時から／ロッカールームで着替える／（9時）5分前までに工場へ来る／時間厳守／作業のまえに毎朝朝礼をする／ロッカーに財布を入れておいてもいいが、かぎを忘れないようにする

2. 工場で

　〈解答例〉工場では禁煙だから、絶対にたばこを吸わない／たばこは工場の外の喫煙所で吸う／工場ではケータイ禁止（仕事をしながらケータイを見ない）／大きい機械には触らない／マニュアルを見ながら機械を操作する／工場では安全第一

3. 食堂で

　〈解答例〉食堂では機械でチケットを買って、食堂の人にチケットを出す／食堂で弁当を食べてもいい／（食堂がすいていたら、）食堂で勉強してもいい

4. 工場で

　〈解答例〉5時に作業を終わる／使った工具は必ず元の所に戻す／工場では整理整頓が大切／工具を片づけたら日報を書く／日報を事務所に出してから帰る／9時から朝礼／遅れないようにする／遅刻するときは9時までに事務所に連絡する

 **聞くタスク2**

レベル3

1. ①9時5分前 ②厳守 ③かぎ ④忘れない

2. ①吸わない ②（工場の外の）喫煙所 ③ケータイ ④触らない

3. ①〈解答例〉機械で食べたい料理のチケットを買って、食堂の人に出します／
出したらいいです／出したら食べられます。

　②〈解答例〉はい、いいです。／食堂がすいているときだったら、勉強して
もいいです。

4. ①工具 ②元の所 ③整理整頓 ④日報 ⑤遅れ ⑥9時 ⑦事務所

 **会話練習**

レベル3

1. 1）①これに触る ②やけどをします ①（これに）触ら

　2）①無理にレバーを押す ②機械が故障します ①無理にレバーを押さ

2. 1）①作業が終わった ②きれいに掃除して

　2）①日報を書いた ②課長にもメールで送って

ユニット3　災害時のアナウンスを聞く

 ウォーミングアップ

レベル3

1. ①地震 ②津波 ③台風 ④火事 ⑤大雨 ⑥洪水
2. ①机の下に入ります ②鼻と口をタオルで押さえます ③雨戸を閉めます

 **聞くタスク1**

レベル3

①地震 ②火事 ③津波

 **聞くタスク2**

レベル3

1. 1）台風　2）火事

2. 1）①帰宅し　②機械の電源　③気をつけて

　　2）①非常口　②階段　③煙　④体　⑤鼻（口）　⑥口（鼻）

3. 1）地震　2）津波

4. 1）①余震　②割れたガラス　③消えている

　　2）①海（川）　②川（海）　③高い所　④注意し

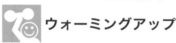 **会話練習**

レベル3

1. 1）①エレベーターを使う　②止まる　③非常階段／非常階段

　　2）①ここから外へ行く　②けがをする　③非常口／非常口

2. 1）①電車が止まって　②帰れない人は、ホテルを準備する

　　　③総務部まで連絡して

　　2）①電話回線が混んで　②たぶん、携帯電話は使えない

　　　③公衆電話を使って

3. 1）①火事が起きた　②煙を吸わないようにして　③落ち着いて避難して

　　2）①津波が来た　②高い所へ避難して　③海や川に近寄らないで

ユニット4　工場見学の説明を聞く

ウォーミングアップ

レベル3

1. 省略

2. 〈解答例〉生産台数などの大切な数字に気をつけて、説明を聞きます。

　　　　　自分の業務との関係を考えながら、説明を聞きます。

 **聞くタスク1**

省略
しょうりゃく

 聞くタスク2

① 240,000　② 2,600　③強くて軽い　④丈夫な　⑤ 12　⑥ロボット　⑦人
　　　　　　　　　　　　つよ　かる　　じょうぶ　　　　　　　　　　ひと
⑧ロボット　⑨ロボットと人　⑩人　⑪ 3,000　⑫人　⑬運転　⑭ 700　⑮ 1,000
　　　　　　　　　　　ひと　ひと　　　　　　ひと　うんてん

 **会話練習**
　　　　　かい わ れんしゅう

Ｉ．Ｉ）①Ｉか月　② 2 万台　③すごいです
　　　　　げつ　　まんだい
　　２）①Ｉ時間　② 60 台　③速いです
　　　　　じかん　　だい　　はや

ユニット5　予定や指示を聞く
　　　　　　　よてい　しじ　き

 ウォーミングアップ

Ｉ．省略
　　しょうりゃく
２．〈解答例〉Ｉ日の予定について話しました。ほかの人の予定も聞きました。
　　かいとうれい　にち　よてい　　　　はな　　　　　　　　　　ひと　よてい　き

 聞くタスク1

Ｉ．森田課長
　　もりた かちょう
　　〈解答例〉9 時半から山下さんと打ち合わせがあります。その後、プロジェク
　　かいとうれい　じはん　　やました　　う　あ　　　　　　　　　　　ご
　　ト計画を作ります。午後は4時から1時間ほど営業課と打ち合わ
　　けいかく　つく　　　ごご　じ　　じかん　　えいぎょうか　う　あ
　　せがあります。

2. 山下さん

    〈解答例〉午前は、課長との打ち合わせ後に、横浜機械で打ち合わせがある
    ので外出します。1時ごろに戻る予定です。午後はコスト計画を作
    ります。

3. サリさん

    〈解答例〉きのうから始めた工程表がまだ完成していないので、きょうも
    （工程表の作業を）続けます。3時までに一度課長にメールで送り
    ます。問題があればやり直して、あしたには出せるようにします。
    （朝礼が終わったら工程表を課長に一度見せます。）

 聞くタスク2

レベル3

1. ①×　②×　③○

2. ①○　②×　③○

3. 〈解答例〉朝礼のあとできのうまでの工程表を課長に見せる。／工程表を作
    る。／3時までに工程表を課長にメールで送る。

 **会話練習**

レベル3

1. 1）①10時半から工場で安全チェック　②2時ごろ会社を出る
    2）①10時からテレビ会議　②事務所には戻らない

ユニット6　予定を共有する

 ウォーミングアップ

レベル3

〈解答例〉自分の予定を教えたり、上司や同僚の予定を教えてもらったりしなけ
    ればなりませんから、朝礼をすると思います。
    同じ部署の人が何をするか知っておくことが大切です。知らないと、
    仕事が進まないこともあります。

聞きましょう
き

1. ①横浜機械　②打ち合わせ　③1時ごろ　④コスト計画
   よこはまきかい　　う　あ　　　　じ　　　　　　　けいかく
2. ①工程表　②3時　③課長　④問題
   こうていひょう　じ　かちょう　もんだい

 **話すタスク**
はな

省略
しょうりゃく

 会話練習
かい わ れんしゅう

1. 1）①トラブルの報告　②しました／して　③きょうの午後しよう
      ほうこく　　　　　　　　　　　　　　ごご
   2）①会議の資料　②送りました／送って　③あしたまでに送ろう
      かいぎ　しりょう　おく　　　　おく　　　　　　　　　　おく

ユニット7　予定を確認する
よ てい　かくにん

 ウォーミングアップ

省略
しょうりゃく

 話すタスク1
はな

1. 〈解答例〉
   かいとうれい
   ①あのう、すみません。名前をもう一度お願いできますか。／
   　　　　　　　　　　　なまえ　　　いちど　ねが
   　あのう、すみません。（担当者は）斉藤さんでよろしいでしょうか。
   　　　　　　　　　　　たんとうしゃ　さいとう
   ②あのう、すみません。曜日をもう一度お願いできますか。／
   　　　　　　　　　　　ようび　　　いちど　ねが
   　あのう、すみません。（会議は来週の）月曜日でよろしいでしょうか。
   　　　　　　　　　　　かいぎ　らいしゅう　げつようび

③あのう、すみません。月をもう一度お願いできますか。／

　あのう、すみません。（東京の実習は）2月からでよろしいでしょうか。

④あのう、すみません。時間をもう一度お願いできますか。／

　あのう、すみません。（会議は月曜日の）10時からでよろしいでしょうか。

⑤あのう、すみません。場所をもう一度お願いできますか。／

　あのう、すみません。（エンジンの製造の実習は）名古屋工場でよろしい

でしょうか。

2.　①（担当者は）斉藤さんですね。わかりました。

　②（会議は来週の）月曜日ですね。わかりました。

　③（東京の実習は）2月からですね。わかりました。

　④（会議は月曜日の）10時からですね。わかりました。

　⑤名古屋工場で（エンジンの製造の実習）ですね。わかりました。

 話すタスク2

レベル3

1.　①×　②×　③○　④○　⑤×　⑥×　⑦○

2.　①すみません。9月から10月の指導員はどなたですか。

　　ちょっと漢字が読めなくて……。

　②すみません。11月から3月は何の実習ですか。

　　ちょっと印刷が見えなくて……。

　③すみません。11月から3月の東京の宿舎はどこですか。

　　ちょっと印刷が見えなくて……。

 **会話練習**

レベル3

1.　1）①研修予定表　②どんな内容か

　　2）①検査表　②どこにチェックするか

ユニット8　使い方について質問する

 ウォーミングアップ

レベル3

1. 〈解答例〉【エアコン】どうやってエアコンを冷房から送風に変えますか。

　　　　　　　　　　　　　変え方がわかりません。

　　　　　　　【コピー機】両面コピーのやり方がわかりません。

2. 〈解答例〉【エアコン】もう一度聞きます。

　　　　　　　【コピー機】知りたい情報を教えてもらえる聞き方をします。

 話すタスク1

レベル3

1. ①両面コピー　②する／して
2. ①日本語入力　②する／して
3. ①プロジェクター　②つける／つけて

 話すタスク2

レベル3

1. ①両面コピー　②する　③白黒　④カラーコピーがしたい
2. ①エアコン　②つける　③送風　④冷房にしたい
3. ①入力　②する　③英語　④日本語入力にしたい

 話すタスク3

レベル3

1. ①週報のファイル／週報のファイル　②デスクトップ上の
2. ①コピー用紙／コピー用紙　②箱の中の
3. ①プリンターのトナー／プリンターのトナー　②キャビネットの中の

会話練習
かいわれんしゅう

レベル3

1. 1) ①報告書を書いた　②ちょっと見て
　　　　ほうこくしょ　か　　　　　　　み
　　2) ①図面をかいた　②確認して
　　　　ずめん　　　　　　かくにん
2. 1) ①サイズを変えたい　②変えられない
　　　　　　　　か　　　　　　か
　　2) ①ホッチキスで資料をまとめたい　②できない
　　　　　　　　　　しりょう
　　3) ①字を大きくしたい　②大きくならない
　　　　　じ　おお　　　　　　おお

ユニット9　体調不良を伝える
　　　　　　たいちょうふりょう　つた

ウォーミングアップ

レベル3

1. ①頭　　　②おなか　③のど　　④気分
　　　あたま　　　　　　　　　　　　きぶん
　　⑤やけど　⑥けが　　⑦かぜ　　⑧熱　　　⑨せき
　　　　　　　　　　　　　　　　　　ねつ
2. 省略
　　しょうりゃく

聞きましょう
き

レベル3

［場面1］1. きのうの晩から、のどが痛くて、熱も少しあります。
　ばめん　　　　　　　ばん　　　　　　　いた　　　　ねつ　すこ
　　　　　　2. ①×　②○
［場面2］1. 手にやけどをしました。
　ばめん　　　　　て
　　　　　　2. ①×　②○

話すタスク
はな

レベル3

1. 〈解答例〉
　　　かいとうれい
　　①斉藤さん、すみません。ちょっとよろしいでしょうか。
　　　さいとう

②a. あのう、実はきのうの晩からのどが痛くて……熱もあるんです。

　　b. あのう、実はけさから頭が痛くて……せきも出るんです。

　　c. あのう、実はきのうからおなかが痛くて……熱もあるんです。

　　d. あのう、実はけさから気分が悪くて……頭も痛いんです。

2.〈解答例〉

①斉藤さん、すみません。ちょっとよろしいでしょうか。

②a. あのう、作業のとき、手にやけどをしてしまったんです。

　　　今もまだ痛くて……。

　　b. あのう、溶接作業のとき、のどが痛くなってしまったんです。

　　　すぐ手当てしたんですが、今もまだ痛くて……。

　　c. あのう、製品を運ぶとき、足にけがをしてしまったんです。

　　　すぐ手当てしたんですが、今もまだ痛くて……。

　　d. あのう、機械のメンテナンスをするとき、手にけがをしてしまったん

　　　です。すぐ手当てしたんですが、今もまだ痛くて……。

 **会話練習**

レベル3

1. 1）①けがをした　②薬をつけた

　　2）①体の調子がよくない　②無理をしない

2. 1）①頭や胃が痛い　②ストレス

　　2）①熱がある　②インフルエンザ

ユニット10　遅刻の連絡をする

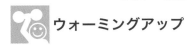 **ウォーミングアップ**

レベル3

1.〈解答例〉研修担当者／指導員／上司

2.〈解答例〉電話／メール／LINE で連絡します。

3. 省略

聞きましょう

レベル3

1. ①○ ②× ③×

2. ①今、駅にいる ②電車の何かのトラブル

　③会社に着くのが9時10分ごろになりそう

 話すタスク

レベル3

〈解答例〉

①はい、システムトーキョー、開発部開発課でございます。

②おはようございます。サリです。森田課長をお願いします。

③お電話代わりました。森田です。

④サリです。おはようございます。申し訳ありません。

a. 今、駅にいるんですが、電車の遅延で遅れてしまって、10分ぐらい遅刻しそうなんです。

b. 今、駅にいるんですが、事故で電車が遅れてしまって、遅刻しそうなんです。

c. 今、バス停にいるんですが、渋滞でバスが遅れてしまって、遅刻しそうなんです。

d. 今、アパートにいるんですが、自転車のパンクで10分ぐらい遅刻しそうなんです。

会話練習

レベル3

1. 1）①人身事故 ②電車がなかなか来ません ③30分ぐらい

　2）①渋滞 ②バスがなかなか来ません ③30分以上

ユニット11　問題発生を報告する
もんだいはっせい　ほうこく

 ウォーミングアップ

省略
しょうりゃく

 聞きましょう1
き

レベル3

①ちょっとよろしいですか　②部品の発注ミス　③発注したものと届いたもの
　　　　　　　　　　　　　　ぶひん　はっちゅう　　はっちゅう　　　　　　とど

④発注ミス　⑤いいでしょうか
はっちゅう

 話すタスク1
はな

レベル3

1．省略
　しょうりゃく

2．省略
　しょうりゃく

3．〈解答例〉
　かいとうれい

　①斉藤さん、すみません！　ちょっとよろしいですか。
　さいとう

　②部品の検数ミスがあったみたいです。納品書の数と部品の数が違います。／
　ぶひん　けんすう　　　　　　　　　　　のうひんしょ　かず　ぶひん　かず　ちが

　　セットミスがあったみたいです。ここにセットする道具が違います。／加工
　　　　　　　　　　　　　　　　　　　　　　　　　どうぐ　ちが　　　　　　かこう

　　ミスがあったみたいです。この部品の加工のしかたが違います。／出荷ミス
　　　　　　　　　　　　　　　　ぶひん　かこう　　　　　　ちが　　　　しゅっか

　　があったみたいです。ここにある製品の種類が違います。
　　　　　　　　　　　　　　　　せいひん　しゅるい　ちが

　③どうすればいいでしょうか。

 聞きましょう2
き

レベル3

①部品の箱　②軽かった　③手　④それで
　ぶひん　はこ　　かる　　　　て

 **話すタスク２**

レベル３

１．〈解答例〉

検数ミスをした／きょうの納品は少ないので、一人でできると思ったから。

加工ミスをした／きょうの加工は難しくないので、簡単にできると思ったから。

出荷ミスをした／きょうの出荷は少ないので、一人でできると思ったから。

２．〈解答例１〉

①斉藤さん、すみません！　ちょっとよろしいですか。

②あのう、実は……検数ミスをしてしまいました。

③きょうの納品は少ないので、一人でできると思ったんです。

　それで、検数ミスをしてしまいました。

〈解答例２〉

①斉藤さん、すみません！　ちょっとよろしいですか。

②あのう、実は……加工ミスをしてしまいました。

③きょうの加工は難しくないので、簡単にできると思ったんです。

　それで、加工ミスをしてしまいました。

〈解答例３〉

①斉藤さん、すみません！　ちょっとよろしいですか。

②あのう、実は……出荷ミスをしてしまいました。

③きょうの出荷は少ないので、一人でできると思ったんです。それで、出荷

ミスをしてしまいました。

 **会話練習**

レベル３

１．１）①検品をしていた　②見落としをして

　２）①製品を出荷していた　②ミスをして

２．１）①林さん　②林さんはわたしだけに厳しくて

　２）①森さん　②森さんに毎日「飲みに行こう」と言われていて

　３）①田中さん　②田中さんがあまり仕事を教えてくれなくて

ユニット 12　困っていることを相談する

ウォーミングアップ

省略
しょうりゃく

聞きましょう
き

レベル3

①×　②○　③×　④○

話すタスク
はな

レベル3

１．省略
しょうりゃく

２．〈解答例1〉
かいとうれい

①ちょっとバグが多くて……。
おお

②たくさんバグがあります（から、）なかなか作業が終わりません。
さぎょう　お

③（でも、）納期がありますよね。（ですから、）作業が終わらないんです。
のうき　さぎょう　お

〈解答例2〉
かいとうれい

①資料の漢字の読み方がわからなくて……。
しりょう　かんじ　よ　かた

②たくさん作業があります（から、）なかなか読み方が調べられません。
さぎょう　よ　かた　しら

③（でも、）毎日たくさん資料をもらいますよね。（ですから、）いつも資料
まいにち　しりょう　しりょう

がよくわからないんです。

会話練習
かいわれんしゅう

レベル3

１．１）①わたしのやり方がよくない　②報告書がうまく書けなくて
かた　ほうこくしょ　か

２）①わたしのやり方に問題がある　②時間までに作業が終わらなくて
かた　もんだい　じかん　さぎょう　お

２．１）①前の会議の議事録を見たい　②どの棚を探せば
まえ　かいぎ　ぎじろく　み　たな　さが

③「業務」の棚にある
ぎょうむ　たな

2）①検査のチェックリストを探している　②だれに聞けば

　　③製造課の山田さんが知っている

ユニット 13　連絡事項を伝言する

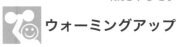 **ウォーミングアップ**

１．省略

２．〈解答例〉内線電話をかけます／直接伝えます／伝言メモを書きます／

　　　　　　　メールを送ります／チャットアプリでメッセージを送ります

 **聞きましょう1**

レベル3

〈解答例〉サリさんは課長に、山下さんは２時ごろ会社へ戻ると伝えます。

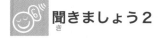 **聞きましょう2**

レベル3

〈解答例〉課長、山下さんから電話がありました。打ち合わせに時間がかかって

　　　　　しまったので、これから昼ごはんを食べに行くと言っていました。2

　　　　　時ごろ会社に戻るそうです。

 **話すタスク**

レベル3

１．省略

２．〈解答例〉電車の遅延で、会社に遅れると言っていました。15分ぐらい遅れる

　　　　　　　そうです。／自転車のパンクで、会社に遅れると言っていました。

　　　　　　　10分ぐらい遅れるそうです。／かぜをひいたので、きょうは会社を

　　　　　　　休むと言っていました。あしたはたぶん来られるそうです。／打ち

合わせが今、終わったと言っていました。午後の会議に10分ぐらい遅れるそうです。

 **会話練習**

レベル3

1. 1) ①ほかのお客様の所に行かなければなりません　②3時ごろ会社に戻る
   2) ①電車が遅れています　②会社に戻る時間が11時ごろになる

ユニット14　指導・アドバイスを受ける

 ウォーミングアップ

レベル3

省略

 **話すタスク1**

レベル3

1. 斉藤さんの説明がわかった
2. わかるまで確認して
3. 省略
4. あ……自分では、わかったと思っていました。でも、勘違いをしていたかもしれません。すみませんでした。これからは、わかったと思っても確認します。

 話すタスク2

レベル3

1. （斉藤さんが説明した）作業が（実際に）できないこと
2. きちんと作業ができるように覚えて
3. 省略

4. あ……わたしは作業の方法がわかったらいいと思っていました。でも、勘違いをしていたかもしれません。すみませんでした。これからは、作業ができるように、きちんと覚えます。

 **話すタスク3**

レベル3

1. 日本で日本人とのつながりを作っている
2. 人とのつながりを作って
3. 省略
4. あ……はい。そうですね。よくわかります。そのとおりですね。勉強も大切ですが、人とのつながりも大切だと思います。これから、気をつけます。

 **会話練習**

レベル3

1. 1) ①機械を操作している　②機械の調子が悪くて
　　　③すぐ機械を止めて、調べてもらった
　2) ①急いであしたの会議の資料を作っている　②体の調子が悪くて
　　　③課長に相談して、早退した

ユニット15　業務の成果や課題を話す

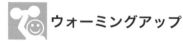 **ウォーミングアップ**

レベル3

省略

聞きましょう

レベル3

1. ①○ ②○ ③× ④×

2. 〈成果〉一人で作業ができるようになった

　〈課題〉作業ミスが多かった

　〈解決策〉「次は気をつけよう」と思っていても、何もしなかった／
　　　　　　作業ミスが少なくなる／「ミス再発防止ノート」を書く

 話すタスク

レベル3

〈解答例〉

〈成果〉日本語の会話が上手になった

〈課題〉漢字のテストでミスが多かった

〈解決策〉答えを書いてから、見直しをしなかった／今後はミスをしない／
　　　　　見直しをする

会話練習

レベル3

1. 1）①機械トラブルが少なくなった　②欠品が多かった
　　2）①連絡ミスが減った　②不良品が時々あった
2. 1）①欠品をなくそう　②在庫を確認していなかった
　　2）①不良品を減らそう　②検品が十分ではなかった
3. 1）①欠品が減る　②毎日在庫を確認する
　　2）①不良品が減る　②検品を十分行う

著　者　　一般財団法人 海外産業人材育成協会（AOTS／エーオーティーエス）
　　　　　The Association for Overseas Technical Cooperation and Sustainable Partnerships

監　修　　宮本真一
　　　　　杉山充

執筆者　　内海陽子
　　　　　羽澤志穂

協力者　　飯塚知子・上野圭子・大神隆一郎・小川佳子・小野妃華・菅野章子・近藤梨絵
　　　　　篠原紀絵・柴田由佳・清水美帆・正多宏美・谷口真樹子・常次亨介・平野貴昭
　　　　　藤井和代・松見ゆうな・宮津久美子・森田絵理・柳瀬薫・吉村真美・米澤昌子

イラスト　株式会社アット イラスト工房

追加録音　清水裕美子・出口仁・川越誠

本書原名—「ゲンバの日本語　応用編　働く外国人のための日本語コミュニケーション」

現場的日本語　進階

2022 年（民 111）12 月 1 日 第 1 版 第 1 刷 發行

著　　　者　一般財団法人 海外産業人材育成協会
授　　　權　スリーエーネットワーク
發 行 人　林 駿 煌
封 面 設 計　林 芸 安
發 行 所　大新書局
地　　　址　台北市大安區 (106) 瑞安街 256 巷 16 號
電　　　話　(02)2707-3232・2707-3838・2755-2468
傳　　　真　(02)2701-1633・郵 政 劃 撥：00173901
法 律 顧 問　統領法律事務所

香 港 地 區　大新書局（香港）有限公司
地　　　址　香港新界荃灣橫窩仔街 28 號利興強中心 16 樓 C 室
電　　　話　(852)2571-3556
傳　　　真　(852)3753-5911